中华远古神话衍说
三皇五帝

刘勤 等著

神农神话

农皇药神

生活·读书·新知 三联书店

Copyright © 2020 by SDX Joint Publishing Company.
All Rights Reserved.
本作品版权由生活·读书·新知三联书店所有。
未经许可，不得翻印。

图书在版编目(CIP)数据

农皇药神：神农神话 / 刘勤等著. —北京：生活·读书·新知三联书店，2020.8
（中华远古神话衍说·三皇五帝）
ISBN 978-7-108-06770-8

Ⅰ.①农… Ⅱ.①刘… Ⅲ.①神话—作品集—中国 Ⅳ.①I277.5

中国版本图书馆CIP数据核字(2020)第025167号

责任编辑	赵　炬　周　鹏
封面设计	刘　俊
责任印制	黄雪明
出版发行	生活·讀書·新知 三联书店
	（北京市东城区美术馆东街22号）
邮　编	100010
印　刷	常熟高专印刷有限公司
版　次	2020年8月第1版
	2020年8月第1次印刷
开　本	650毫米×900毫米 1/16 印张 15.25
字　数	108千字
定　价	48.00元

总 序

小时候,听长辈讲长征的故事,通常会这样开始:"自从盘古开天地,三皇五帝到如今,历史上还从来没有过我们这么伟大的长征……"那时觉得盘古开天、三皇五帝等传说,离我们很遥远很遥远,有一种悲壮、辽阔、深邃的感觉,却是深深地刻印在心底。后来知道,那是中华民族壮丽史诗的开篇,不由得萌生出一种很崇高的感觉。

盘古开天的故事,早在两汉后期的史书中就有记载。据说当时天地一体,混沌难分。盘古君龙首蛇身,嘘为风雨,吹为雷电,开目为昼,闭目为夜。后来,他的故事在民间传播得更加神奇,说是一天醒来,见四周黑暗,他便抡起大斧劈开去,混沌的天地就这样被分开了。此后,他的呼吸,他的声音,他的双眼,他的四肢,还有他的肌肤,化作流动的风云,震耳的雷鸣,明亮的日月,辽阔的大地,奔腾的江河……从此,盘古就成为后人心目中开天辟地创造人类世界的始祖。

三皇的记载,众说纷纭。李斯的说法很权威。《史记·秦始皇本纪》载李斯的话说:"古有天皇、有地皇、有泰皇。"这样说又很笼统,于是又有人把它坐实,出现了女娲、燧人、伏羲、神农、祝融等具体人名。至于五帝,分歧就更多了。司马迁依《世本》《大戴礼》,以黄帝、颛顼、帝喾、唐尧、虞舜为五帝。而孔安国《尚书序》、皇甫谧《帝王世纪》、孙氏注《世本》,则以伏牺、神农、黄帝为三皇,少昊、颛顼、高辛、唐尧、虞舜为五帝。

在中国人的心目中,三皇五帝是华夏各民族的始祖,围绕着他们的各种神话传说格外丰富。如"绝地天通""羲和浴金乌"等,反映了人类早期通过幻想对天地宇宙、人类起源、自然万物的探索;"仓颉造文字""嫘祖始蚕桑"等神话故事既充满幻想,又很接地气;"后羿射骄阳""青要山武罗"等故事主人公敢于抗争,锲而不舍,体现出一种为大我牺牲小我的精神;"象冈寻玄珠""许由拒帝尧"等故事,描写的虽是身边琐事,但蕴含的却是大道理。这些故事,散见于群籍,需要有人作系统的整理,让更多的读者去理解、去欣赏。早年,沈雁冰(茅盾)先生著《中国神话研究》说:"中国神话不但一向没有集成专书,并且散见于古书,亦复非常零碎,所以我们若想整理出一部中国神话来,是极难的。"上世纪八十年代,袁珂先生筚路蓝缕,系统地研究中国神话,推出了一系列成果。其中《中国古代神话》是一部普及性的读物,从世界是怎样形成的开始,分十章描述了女娲补天的壮举、黄帝与蚩尤的战争、帝舜与帝喾的传说、嫦娥奔月的故事、鲧禹治水的功绩等,初步梳理出了中国远古神话的发展线索。同是蜀人的刘彦序君耗时十载,踵事增华,编纂了这部《中华远古神话衍说·三皇五帝》,继续完成这项"极难的"整理工作。作者以大家所熟悉的"三皇五帝"为纲,从创世之母,女娲神话说起,依次叙述了伏羲、神农、黄帝、颛顼、帝喾、尧帝、舜帝等与其臣僚、配偶、子嗣、敌友的错综关系以及相关神灵故事和神话传说,将纷繁复杂的远古神话故事,条分缕析,构成八个系列,广泛涉及文学、神话学、民俗学、宗教学、美术、音乐、教育学、心理学等多个学科,充分吸收近年来学术界的研究成果,多有创获。

首先是体例新颖。八个系列包含了八十篇故事。每篇分为四个部分,即"原典""今绎"(故事)"注释"和"衍说"。每则故事,都是基于作者的综合研究,用简练、诗化的现代语言讲述出来。"原典"既包括神话原典,也包括学界成果,说明"今绎"的故事,言必有据。"注释"是对故事中的一些疑难字词加以注音释义,尤其是一些神话人名和地名。作者在叙述中华远古神话传说演变的过程中,又站在

"如今"的立场上,从历史学或神话学的角度,对这些神话故事进行了专业"衍说",一则交代神话故事及相关背景、历史事件、象征意义,二则阐释经典神话中的审美价值、教育意义。这种结构方式,使得这部著作别开生面,不仅能为普通读者,特别是青少年读者所接受,就是对于各行各业的成年读者来说,也具有相当积极的参考意义。

其次是立意高远。这套书有别于传统的耳熟能详的神话叙述方式,而采用多种形式,对中华远古神话进行独特深入的挖掘,拓展丰富了神话的内容和形式,揭示出我们的先民在创业过程中的艰辛劳作、丰功伟绩以及留给后人的启迪。如尧帝篇"偓佺献松子"的故事,作者在"衍说"中指出,人生的价值不止于长生,甚至可以说,相对于精神的不朽,肉体的长生就显得黯然失色了。人是要有一种精神的,这是我们的基本信念。所以司马迁在《报任安书》中说:"人固有一死,或重于泰山,或轻于鸿毛……"《老子河上公章句》也说:"人所以生者,以有精神。"又如感生神话,突出母子之爱;嫘祖神话,突出勤劳勇敢、乐于助人;夔神话,突出"多行不义必自毙";玄珠神话,突出正心诚意、无为而为;武罗神话,突出为了大我而牺牲小我的抉择。很多神话传说,蕴含着丰富的爱国主义、推己及人、悲悯人生、团结友爱、英雄主义等情怀,给现代教育增添了新的血液。

第三是雅俗共赏。作者满怀激情,通过诗意的语言,将遥远的神话传说带到当下。全书还配以大量插画,以普通民众喜闻乐见的方式传达深刻的人生道理,充满了诗情画意。人物的面貌与服饰,唯美、怪异、神秘,呈现出典型的东方色彩,营造出了神秘的神话氛围。图文并茂,生动活泼。通过这些神话故事,作者试图说明:神话的美,不仅在于它的奇幻和瑰丽,更在于它所体现出来的对人类的终极关怀。中华远古神话反映出人类共同的心理需求,是人类把握世界、认识世界的一种方式,也是一种重要的文化力量。

读罢全书,我很自然地就会想到毛泽东同志在《论反对日本帝国主义的策略》中说过的话。在这篇文章中,他把中国工农红军的伟大长征与盘古开天、三皇五帝联系起来,说自从盘古开天地,三皇五帝到如今,"我们中华民族有同自己的敌人血战到底的气概,有在自力更生的基础上光复旧物的决心,有自立于世界民族之林的能力"。中华民族在漫长的发展进程中,逐渐形成了共有的文化血脉。维护国家的统一,追求民族的昌盛,满足人民的幸福,是我们这个古老民族的根本所系,更是我们民族的精神象征。从这个意义上说,重新解读、理解三皇五帝的故事,其实也是一种寻根,就是要从根本上追寻我们这个古老民族的文化基因,固本培元,凝心铸魂。后世的中华帝王庙,往往以炎黄二帝作为华夏始祖,正是中华民族不忘本来、开创未来的象征。我们的文化教育工作者,就是要像总书记所要求的那样,通过自己的专业知识,从根本上讲清楚我们国家和民族的历史传统、文化积淀、基本国情;讲清楚中华文化积淀着中华民族最深沉的精神追求,是中华民族生生不息、发展壮大的丰厚滋养;讲清楚中华优秀传统文化是中华民族的突出优势,是我们最深厚的文化软实力;讲清楚中国特色社会主义植根于中华文化沃土、反映中国人民意愿、适应中国和时代发展进步要求,有着深厚的历史渊源和广泛的现实基础。

诚如作者所说,神话是一个民族的"本",是人类的"本"。我们需要从三皇五帝的故事传说中、从中华优秀传统文化中汲取养分和智慧,站稳脚跟,自觉延续文化基因,增长民族自尊心和自豪感。这是中华民族生存发展之本,凝心聚力之魂。今天的中国人,正豪迈地行进在新时代的伟大长征途中。在我们每个人的背后,都有一个长长的影子,那不仅仅是个人的身影,还有着厚重的民族文化的底色。刘彦序君通过独特的著述方式,把遥远的三皇五帝,清晰地展示在我们面前,如此近切,如此生动,有助于我们更好地理解我们的过去、现在和未来,也有助于我们更好地理解自己。

正基于这样的认识,我积极推荐《中华远古神话衍说·三皇五帝》。

刘跃进

己亥岁末写于京城爱吾庐

开 篇

人的历史,不仅有物质的历史,更有共尊共传的精神史。

神话,是一个民族的记忆和血性,也是人类共同的智慧和梦想。

再也没有比神话更惹人争议的事物了。这里我不去说它饱含的复杂理论和深奥学问,我关注的是人与神话本身。

古往今来,不知有多少文人骚客钟情于神话。庄子演神话为寓言,李白借神话抒逸篇,干宝铸伟史于志怪,松龄寄情怀于狐仙。经、史、子、集中,哪一处没有神话的身影?及至当代,神话又变换身姿,通过影视、新媒,一再地被创造、演绎并发酵。

神话并不仅仅是以一种高高在上的姿态存在,实际上更多时候,它是"随风潜入夜,润物细无声"般地融入我们生活的方方面面。比如,我们即使知道自己是父母所生,却仍骄傲地称自己为"龙的传人"。神话已然成为一种符号、象征,以及打上了民族烙印的精神寄托。

曾几何时,中国神话"零散、不成系统"的结论,似乎已经由老一辈神话学学者和民俗学家的阐释,深入人心。曾几何时,中国人艳羡希腊北欧神话,感叹我们的永久性缺失。然而,经过多年的神话研究我才发现,中国神话并不寥落,只是亟待钩沉和连缀,亟待唤醒并将其转变为一股催人奋发的力量。

不可忽视,在浩如烟海的中国古籍中,频频出现神话;而今华夏大地上,仍不断地滋生着新的神话。如梦,如烟,如螭龙,如钟磬,谁能摹状它的奇美灵动、它的细微浩瀚、它的庄严怪诞?它似乎始终有一种摄人心魄的力量,让人努力地超越"人"的世俗,而走向神圣的境地。

近半个世纪的神话学研究,在相近学科的成长之下,迎来了短暂的辉煌。一批神话资料的整理、分析和研究,以及比较研究,都取得了可喜成绩。然而,如同大部分社会科学的科研成果一样,它们被束之高阁,远离众生,自然也难以为人们所接纳。我们的此套丛书,算是科研转化的开山之作吧!

20世纪80年代前后,曾有一批知名画家为神话画过插图,付梓即成经典。后来,出版社不断翻印,可惜无论在形式还是内容上,40年来实在没有实质性突破。所以至今大家耳熟能详的仍然莫过于《盘古开天》《女娲补天》《精卫填海》《后羿射日》《嫦娥奔月》等寥寥几篇而已,大量神话无处寻踪,又或杂糅后起传说故事、童话、鬼话以及西方神话寓言故事,在时间、类别、精神、体系上完全不加甄别,引起读者的混淆。但是,值得注意的是,这寥寥几篇神话自诞生以来被万千次地引用,蕴含其中的中华文化基因和精神特质,每每让读者升起民族自豪感,产生奋起前行的活力。这又足以说明,中华神话作为民族文化之经典,即使过去千年,不仅不会褪色,反而如醇酒,历久弥芬。

因此,对中华神话的深入挖掘、整理,重新架构中华神话的完整体系,展示中华民族生生不息的文化基因和精神特质,是一项亟待进行的重要的文化工作。

"中华远古神话衍说·三皇五帝"即是首次对中国神话进行独特的挖掘、整理、改编、注解、评说的系统文化工程,前后耗时十载。丛书以"三皇五帝"为纲。

所谓"三皇五帝",就是"三皇五帝时代",又可称为"神话时代""上古时代"或"远古时代"。近现代考古发掘证明,这个时代很有可能如传说那样存在过。但是,"三皇五帝"的世系属后人伪造,所列顺序也并非是前后相继的关系。然"三皇五帝"之称由来已久,它承载着相当丰富的神话、历史信息,也经历了从神化到人化,再从人化到神化的复杂过程。至于"三皇五帝"到底是哪"三皇"哪"五帝",历来众说纷纭,莫衷一是。

先来说"三皇"。"三皇"之称,说法众多,如天皇(伏羲)、地皇(神农)、泰皇(少典)、人皇(少典)、燧人、伏羲(太昊)、神农(炎帝)、女娲、黄帝、共工、祝融等。在此聊举三种。一说是燧人、伏羲、神农（见《尚书大传》《风俗通义》《白虎通》）；一说是天皇、地皇、泰皇（见《史记》），或说天皇、地皇、人皇（见《春秋纬·命历序》）；还有说是伏羲、女娲、神农（见《春秋纬·运斗枢》《春秋纬·元命苞》）。迄今为止，学术界普遍认为，人类历史上最早出现的神灵皆为女神，后经父系社会的改造而男性化、男权化，"三皇五帝"也是如此。故今在选择"三皇"时，采用汉代纬书《春秋纬·运斗枢》《春秋纬·元命苞》的说法，并将创世女神女娲置于三皇之首。

再来说"五帝"。"五帝"之称，说法也多。如黄帝、颛顼、帝喾（高辛）、尧、舜、大皞（伏羲、太昊）、炎帝、少皞（少昊）、青帝（太昊）、白帝（少昊）、赤帝（炎帝）、黑帝（颛顼）等。在此聊举三种。一说是黄帝、颛顼、帝喾、尧、舜（见《国语》《大戴礼记》《吕氏春秋》《史记》）；一说是宓戏（伏羲）、神农、黄帝、尧、舜（见《战国策》《庄子》《淮南子》）；一说是太昊、炎帝、黄帝、少昊、颛顼（见《礼记》《潜夫论》）。以第一种说法最多，故今从其说。

此外，"三皇"与"五帝"的搭配又有多种；"三皇五帝"与诸多神灵的关系也纷繁复杂。比如，黄帝、炎帝、蚩尤之间的关系，神农与炎帝之间的关系，夸父、蚩尤、炎帝、祝融之间的关系，颛顼与少昊之间的关系错综复杂，一直都是研究上古史最大的疑案、悬案。

又如，长期以来，炎帝和神农合而不分。但《史记·五帝本纪》说"神农氏世衰"才有轩辕黄帝之世作，《国语·晋语四》又说:"昔少典娶于有蟜氏,生黄帝、炎帝。黄帝以姬水成,炎帝以姜水成,成而异德,故黄帝为姬,炎帝为姜。"可知,炎帝绝非神农,也不存在后裔或臣属关系。于此,崔述在《补上古考信录》中已有详论,兹不赘述。

那两者又为什么在后来合称不分了呢?"神农",顾名思义,是反映远古农业部落时代之称号,其神格与农业密切相关。故《风俗通义》说他"悉地力,种谷蔬,故托农皇于地"。《礼记·月令》也说,季夏之月"毋举大事,以摇养气,毋发令而待,以妨神农之事也"。而炎帝又为两河地区冀州中南从事农业生产部落之首领。大概正因为两者的业绩都与农业密切相关,又都似与黄帝部族有"对立"关系,故后来合二为一,长期以来不加分辨,便难分彼此了。

因此,本书钩沉古籍,对此虽有一定分辨,但考虑到两者的长期互融互渗现实,尤其是炎、黄的"对立"关系早已被弱化处理,所以作者有时也进行折中处理。再加上,本丛书"三皇五帝"中,神农为三皇之一,而炎帝未被列入,因此炎帝的故事被适当整合到了神农系列中。比如,在注重神农对于医药、五谷贡献的基础上,也不回避掺入炎帝的故事,唯其如此,才应是最"真实"的神话吧!

总之,本丛书以"三皇五帝"为线索架构故事,共80篇故事。每篇在体例上分为四个部分,即"原典""今绎""注释"和"衍说",颇具创新。"原典"是"今绎"改编的主要依据,既包括神话原典,也包括学界成果;"今绎"是科研转化的成果,是基于"原典"的改编,以简练、诗化的语言进行传述;"注释"是对文中疑难字词的注音注义,便于读者疏通文义;"衍说"是从历史学或神话学的角度,进行专业性和知识性的拓展,便于读者对中国神话有更加深入的认知。

改编所依据的原典遴选自上百种古籍,参考了后世研究文献和当今前沿成果,学术依据充分。改编时充分挖掘原典的精神内涵和想象空间。故事设置波澜起伏、耐人寻味。对每个故事的评说,力求见解独到,能给读者以启发。显然,本丛书在中国神话改编中所具有的创新性和前沿性,将为中国神话的接受和传播开创更为广阔的空间。

正所谓"本立而道生",神话就是一个民族的"本"、人类的"本"。神话本身所具有的认识功能、审美功能、符号象征功能,必将给我们以及后世子孙提供不竭源泉。中华民族诚然是一个博大坚韧、自强不息、富于希望的民族,这难道不是神话祖先和文化英雄们立人立己的精神为我们留下的璀璨瑰宝吗?

"问渠那得清如许,为有源头活水来。"江河东去,日月西行;回溯神话,云上听梦,不仅仅是探奇求胜的奇妙之旅,更是回归本心的家园之依啊!

彦序　上颐斋

2018 年 8 月 31 日

目录

总序/刘跃进 | 1

开篇 | 1

绪言 | 1

女登孕神农 | 1

【原典】 | 3
【今绎】 | 5
【衍说】 | 18

精卫填海 | 21

【原典】 | 23
【今绎】 | 24
【衍说】 | 37

神农播五谷	|41
【原典】	|43
【今绎】	|45
【衍说】	|59

神农驱毒神	|63
【原典】	|65
【今绎】	|66
【衍说】	|81

神农尝百草	|85
【原典】	|87
【今绎】	|88
【衍说】	|102

伯陵与缘妇 | 105

【原典】 | 107
【今绎】 | 109
【衍说】 | 122

瑶姬化䔄草 | 125

【原典】 | 127
【今绎】 | 129
【衍说】 | 143

阪泉之战 | 147

【原典】 | 149
【今绎】 | 151
【衍说】 | 167

刑天舞干戚 | 171

【原典】 | 173
【今绎】 | 174
【衍说】 | 187

祝融立火德 | 191

【原典】 | 193
【今绎】 | 194
【衍说】 | 207

后记 | 211

绪　言

神农氏又被称为魁隗氏、连山氏、列（烈）山氏、大庭氏、伊耆氏、赤帝、炎帝或炎帝神农氏等。他是我国远古时代的一位英明的部落首领和精神领袖。由于德高望重，功勋卓著，神农被后世子孙以神灵身份加以顶礼膜拜，其英雄事迹也被人们广为传颂。

从现存文献及口头文学中对神农氏的记载和评价来看，他不仅是懂稼穑、辨五谷的农业之神，被称为"赤帝农皇""五谷帝仙"，而且还是尝百草、明药性的中药之神，被称为"医药始祖"。不仅如此，神农氏还教人们豢养家畜、制作陶器、纺织和用火等技艺。毫无疑问，神农氏是我国原始社会时期的一位勤劳勇敢、睿智坚毅，并长于治邦安民的部落首领。以他为中心的集体智慧，及其社会生产方式方法等方面的革故鼎新也开启了我国由原始的采集、渔猎时代向农业种植、拓荒时代的过渡。因此,神农时代不仅是一个承上启下、开拓进取的破冰时代,还是一个勇于否定自我、突破自我和超越自我的变革时代。

鉴于此,我们认为神农氏与女娲氏、伏羲氏具有同族同系的渊源关系,与其后的"五帝"也是一脉相承、同根同源。其实,从神话传说到历史叙事,神农氏一直以其显赫的身份、卓越的功绩和深厚的文化素养潜移默化地影响着每一位华夏儿女。因此,我们以神农神话为中心,充分发挥想象而创作了系列作品《农皇药神——神农神话》。

其一,我们先来看神话视阈中的神农形象。神农神话产生时间较晚,从现存的文献来看,它初见于战国诸子学说。《四书经注集证·孟子》在谈及神农氏时认为:"有娲氏之女为少典妃,感神龙而生帝……承庖羲之本,以火德王。故曰炎帝……断木为耜,揉木为耒,耜耒之利,以教天下,故号神农氏。"也就是说,神农氏的母亲女登是女娲氏的后代,有感神龙而产炎帝神农氏。他承续伏羲氏之根本而以"五行"中的"火德"称王天下,并以农耕"耒耜"教化民众,因此才有"炎帝""神农"之谓。晋代皇甫谧总结历代神话传说而作《帝王世纪》,记曰:"神农氏,姜姓也。母曰任姒,有乔氏之女名女登,为少典妃。游于华阳,有神龙首感女登于尚羊,生炎帝。人身牛首。"此外,这一故事在后世神话传说中还有很多异化与生发现象,如汉代《春秋元命苞》就认为:"少典妃安登游于华阳,有神龙首感之于常羊,生神子。人面龙颜,好耕,是谓神农。"《宋书·符瑞志》《路史·后纪三》《纲鉴会编·三皇纪》等著作均沿袭前说,遂成定例。本系列作品在此基础上创作了诸如《女登孕神农》《精卫填海》《祝融立火德》等诗篇。

其二,远古之时,人们为了衣食住行而竭尽全力,但是囿于当时恶劣的自然环境和低下劳动生产力,他们很难实现自己的愿望。传说在神农时代,一只满身通红的小鸟,衔来一支五彩缤纷的"九穗谷",神农将其拾起,并小心地埋在了土壤里,不久便长出来很多同样的谷穗。神农将一些谷穗放在手里搓揉了一番,扔到嘴里,感觉味道鲜美、芳香四溢。于是他便教导人们使用斧头伐木开荒,使用耒耜翻耕土地,整饬完整之后,便种植了大量的谷子。于是,人们开始了真正安居乐业的农耕生活。清马骕《绎史》卷四引《周书》说:"神农之时,天雨粟。神农遂耕而种之,作陶冶斤斧,为耒耜锄耨,以垦草莽。然后五谷兴助,百果藏实。"而晋代的王嘉在《拾遗记》中说:"(炎帝)时有丹雀衔九穗禾,其坠地者,帝乃拾之,以植于田,食者老而不死。"无论如何,神农植五谷的神话开启了我国历史悠久的农耕文明,相应地也产生了泽被后世的农耕文化。因此,人们称誉说:"神农筛五谷,粟黍济苍生。"本系列作品中的《神农播五谷》诗篇就是在这种背景下诞生的。

其三,在神农的相关神话传说之中,"神农采百草"的神话显然更具有旺盛的生命力和强大的吸引力。神农治理天下之时,人们多以瓜果野蔬充饥,以蚌蛤腥臊果腹,为此多罹患毒疾而终。神农氏为"宣药疗疾""和药济人",便从都广之野攀援建木到达了天帝花园。在这里,他不仅采得了具有起死回生之功的生姜草,而且得到了天帝赠送的神鞭。之后,神农跋山涉水,脚踏三湘大地,尝遍百草,并了解其平、毒、寒、温之药性,即使尝百草九死一生,也无法阻止他的决心。《淮南子·修务训》记载:"(神农)尝百草之滋味……一日而遇七十毒。"《搜神记》亦载:"神农以赭鞭鞭百草,尽知其平、毒、寒、温之性,臭味所主,以播百谷。"《搜神记》在《淮南子》的基础上,进一步认为神农氏是通过用"赭鞭"鞭打百草而知其特性,从而为病痛疾怛者减轻痛苦,以达到悬壶济世、救拔苍生的目的。《述异记》则向我们出示了鞭药之处:"太原神釜冈中,有神农尝药之鼎存焉。成阳山中,有神农鞭药处。"随着神农神性的增强,又传说神农出生之时便具有一副玲珑剔透的肚子,不仅能见其五脏六腑,还能见其化解药毒以及药效产生效力的过程。这无疑为神农尝百草、辨药性提供了更加可视化的情节,也更进一步增强了他的神话色彩。为此,清代学者吴乘权所编《纲鉴易知录》总结前人所记,写道:"民有疾病,未知药石,炎帝始味草木之滋,察其寒、温、平、热之性,辨其君、臣、佐、使之义,尝一日而遇七十毒,神而化之,遂作方书,以疗民疾,而医道自此始矣。"总之,神农创始中国医药和医术,成为中华民族的医药之祖,遂有"药神"之称。在此基础上,本系列创作了《神农尝百草》《神农驱毒神》《瑶姬化䔢草》等作品。

其四,鉴于神农形象的"烛光"效应,其僚属子嗣也具有一定的神性或神威。《山海经·海内经》记载:"炎帝之孙伯陵,伯陵同吴权之妻阿女缘妇。缘妇孕三年,是生鼓、延、殳。(殳)始为侯,鼓、延是始为钟,为乐风。"据学界考证,这里的"吴权"即为后世所传的伐桂者"吴刚"。唐代段成式《酉阳杂俎·天咫》记载:"旧言月中有桂,有蟾蜍。故异书言:'月桂高五百丈,下有一人常斫之,树创随合。人姓吴名刚,西河人,学仙有过,谪令伐树。'"学者穆昭阳在爬梳历代考证的基础上指出:"吴刚又叫吴权,是西河人……吴刚一怒杀了伯陵,因此惹怒了太阳神炎帝。太阳神把吴刚发配到月亮,命令他砍伐不死之树月桂。"受此启发,本系列便创作了《伯陵与缘妇》这一诗篇。

其五,随着史官文化的发达,天下一统的需要,民族信仰的一维性便应运而生。人们逐渐对不同部族的神灵进行归整与排序。从历史发展的进程及信仰的变更情况来看,这一过程往往是通过不同民族之间的战争来实现的。1972年山东临沂银雀山出土的《孙子兵法》中有《黄帝伐赤帝》篇,讲述了黄帝战胜四帝而定天下的过程。其云:"孙子曰:'黄帝南伐赤帝,至于□□,战于反山之原。'"现存文献中亦不乏对于本次战争的记载,如《大戴礼·五帝德》云:"(黄帝)与赤帝战于阪泉之野,三战,然后得行其志。"文中的"赤帝"即是炎帝。阪泉之战奠定了黄帝的领导地位。《列子·黄帝》也说:"黄帝与炎帝战于阪泉之野,帅熊、罴、狼、豹、貙、虎为前驱,雕、鶡、鹰、鸢为旗帜。此以力使禽兽者也。"其中"熊、罴、狼、豹、貙、虎"应是不同部族的图腾物,而非"禽兽者也"。黄帝为帅,也表明黄帝在"以力为雄"的那个年代在诸部族中的核心地位。故司马迁在《史记·五帝本纪》中总结道:"炎帝欲侵陵诸侯,诸侯咸归轩辕。轩辕乃修德振兵……教熊、罴、貔、貅、貙、虎,以与炎帝战于阪泉之野。三战,然后得其志。"炎、黄阪泉之战以黄帝雄踞中原、一统天下而宣告结束。实际上,这反映了由神农氏所倡导的原始农业所开创的全盛时期氏族制度的衰退与终结,新的以超越血缘关系组成的部落联盟便拉开了英雄时代的帷幕。据此,本系列便创作了《阪泉之战》和《刑天舞干戚》。

终上所述,我们在整合、梳理出土文献、传世文献以及口传文献的基础上,创作了《农皇药神——神农神话》。本系列共精选了与神农相关的10个神话故事,分别是:《女登孕神农》《精卫填海》《神农播五谷》《神农驱毒神》《神农尝百草》《伯陵与缘妇》《瑶姬化蓍草》《阪泉之战》《刑天舞干戚》《祝融立火德》。主要讲述了神农的神奇出身，以及子嗣亲故、僚属敌对之间的神话故事，反映了神话英雄们在华夏民族建立中的赫赫之功和美好品性。

《女登孕神农》讲述了在古老的姜水河畔，善良聪慧的女登给百姓带来了许多福祉，但她却十分苦恼自己婚后一直没有孩子。有一年春天，女登和青鸟去华阳观赏芙蓉花，途中遇到一只受伤的神龙。善良的女登在山神的指点下找到了可以救治神龙的七色芙蓉。她利用蜂王传授的炼蜜技术炼制出神药，帮助神龙重返九天。神龙一跃而起，久久盘旋于半空。女登立刻周身紫光闪烁，云雾缭绕。回家后不久，她就怀孕了，所生的孩子就是神农。

《精卫填海》主要讲述了神农的小女儿女娃美丽可爱，聪明孝顺，是神农的掌上明珠。神农去远方巡视，三个月来一点音信都没有。女娃请求母亲、哥哥陪她去找父亲，但都被拒绝了，最后她决心自己一个人前去寻找父亲。女娃辛辛苦苦造了一条漂亮的小船。她驾船出海，本以为马上就能见到父亲，却误闯入东海禁区而溺海身亡。她死后，精魂化作精卫鸟，不停地从西山衔来石子和树枝投向东海，立志把海填平。一只海燕邂逅了精卫，与她结为夫妻。它们的后代都致力于完成母亲的心愿。

《神农播五谷》讲述了远古时期，人们过着茹毛饮血、朝不保夕的日子。一天，姜水之畔，丹雀衔来了九穗稻禾。神农惊喜地发现这些种子能饱腹，就挑了最好吃的五种：稻、黍、稷、麦、菽，准备选择一个合适的时节播下种去。春去秋来，寒来暑往，辛勤耕耘，五谷丰登。神农渐渐读懂了五谷的习性，掌握了耕耘的技巧。神农观察、记录下每种种子的生长习性，并结合自己刨坑挖洞的经验，制作了耒耜。此外，他还摸索出土壤颜色、特性与五谷种植的关系。自此，人们逐渐从游牧文明过渡到农耕文明。

《神农驱毒神》讲述了远古时期，众多毒神在人间作乱。许多百姓都染上了瘟疫。神农决心帮助百姓，便动身寻毒神算账。鸩鸟化作少年前去毒害神农，但被赭鞭察觉。七十二毒神一谋不成，更生歹计。他们利用魔幻一族麻痹赭鞭，使其再也不能辨别毒性。百足虫趁机潜入神农腹中，神农中毒而亡。山野震动，万物悲痛。大鹏运药鼎，神农放其中，仙草都赶来，纷纷入鼎中，泪水化甘泉，赭鞭变烈焰，丹鸟吐灵丹，神鸦绕祭坛。如此七日夜后，神农炼成了玲珑之身，即便无赭鞭，也百毒不可犯。随后神农判出七十二毒神姓名，毒神纷纷逃窜，人间终于恢复了太平。

《神农尝百草》讲述了神农尝百草辨毒性的故事。当时条件恶劣,不仅食物匮乏,族人还接二连三地中毒。神农不顾大家的劝阻,决定以身试毒。他在腰间挂了两个布袋子,左边的用来装有毒之物,右边的用来装无毒之物;左边的用来装毒药,右边的用来装解药。他发现,自然万物都是药,但特性功能却千差万别。药有酸、咸、甘、苦、辛五味,也有寒、热、温、凉四气。神农尝百草之后,都详细地做了记录。他最后尝断肠草而亡。

《伯陵与缘妇》主要讲述的是神农之孙伯陵与缘妇的爱情悲剧。伯陵以祖父神农为人生楷模,毅然踏上了亲尝百草的征途。他在西河遇到了即将病死的阿女缘妇,得知缘妇的丈夫吴权为了追求长生而抛下了她。伯陵心生怜悯,精心照顾缘妇。再加上打听的人说吴权已死,因此病愈后的缘妇决定追随伯陵行医济世。逐渐产生感情的两人在村人的见证下结为夫妻。谁知吴权没死,归来后,一怒之下杀了伯陵。天帝罚吴权到月宫砍伐月桂树。缘妇为伯陵诞下三个儿子,临死前叮嘱儿子们要学会原谅,并让他们去月宫陪伴寂寞的吴权。

《瑶姬化蓍草》讲述了神农的女儿瑶姬长得貌美如花,明艳动人。但她一无所长,整日只知道打扮。瑶姬不但娇气,还很骄傲。面对部落里向她求爱的年轻人,她不屑一顾,觉得天下没有配得上她的男人。有一天,瑶姬邂逅了一位叫作无名的男子，对他一见倾心，但没想到无名却拒绝了瑶姬。瑶姬遭受如此打击，从此一蹶不振，郁郁而终。她死后的精魂化为蓍草，凡是吃了此草的人都会变得美丽动人。

《阪泉之战》讲述了黄帝和炎帝之间的著名战役——阪泉之战。黄帝和炎帝是亲兄弟，也是当时力量最强大的两个部落的首领。眼看各部族为了土地和资源互相讨伐、民不聊生，炎帝想统一各部族，以战止战，但黄帝却不赞同。炎帝发兵攻打黄帝，黄帝屡次战败。后来，黄帝在风后的帮助下练成星斗七旗阵，说服六大部族再次迎战炎帝，终获战争胜利。为了表示对兄长的敬重，黄帝将统一后的部落命名为"炎黄部落"。

《刑天舞干戚》讲述了炎帝的臣属刑天为好友蚩尤报仇的事迹。蚩尤在逐鹿之战中被黄帝所杀，刑天得知后决心为好友报仇。他左手持盾，右手持斧，只身前往黄帝所在的中央天庭，一路上披荆斩棘，所向披靡。黄帝与刑天大战三年又三个月，不分胜负。后来黄帝看出刑天的破绽，设计砍下了他的脑袋，并将其头葬入西方的常羊山。刑天遂以乳为目，以脐为口，用残存的躯体继续挥舞着盾牌和板斧战斗不息。

《祝融立火德》讲述了炎帝的玄孙祝融生来自带异火，谁都无法靠近。巫师预言这个孩子将光照四海。神农为这个孩子取名叫"黎",带在身边宠爱至极。黎控制不了自己身体内的异火,调皮捣蛋,四处惹祸。父亲戏器没办法,强行将他送到了帝喾身边去受管教。帝喾让黎当火正,黎觉得新鲜,爽快地答应了。但过了一段时间,黎却擅离职守,被帝喾惩罚。衡山是天地间的一杆秤,帝喾让黎在衡山之巅悔过。有了衡山的监督,黎认真履职,光耀人间,利生万物,得到人们的赞扬,被尊为"祝融"。

最后,还有几点说明:

第一,本书与时著体例不同,尤其是每个故事后面的"衍说",从专业角度拓展了该神话故事的相关文化知识和理论视野,指出了现实意义。但是,囿于作者的能力和识见,肯定有挂一漏万和阐释不当不足之处,恳请各位善知识不吝赐教。

第二,故事叙述用诗行排列,力求简练、疏朗,并凸显每个故事、人物的独特性和精神特质,故尽量避免出现复杂的人物关系,对有些形象进行了简化甚至省略,读者若想获取全貌,不妨将单篇连缀起来阅读,或据"衍说"按图索骥。

第三,本书的神话故事,因所采文献博杂、零碎,有些故事原典之间本身矛盾龃龉,改编时,作者为避免削足适履之感,在基本遵循原典精神的前提下,有时据故事需要酌情取舍。此套丛书的编写虽有严格的文献依据,也有一定的专业性解说,但毕竟非严谨的神话学术著作,或可视为学术研究向大众读物的下移,故更注重故事的可读性,如故事性、神话性、文学性等,若要坐实历史或仅以学术标准核之,恐失作者初衷。

是为序。

彦序　上颐斋

2019 年 8 月 13 日

女登孕神农

刘勤 苏德 撰
王麟麟 郑攀 绘

【原典】

○(春秋战国)左丘明《国语·晋语》:"昔少典娶于有蟜氏,生黄帝、炎帝。黄帝以姬水成,炎帝以姜水成。成而异德,故黄帝为姬,炎帝为姜。二帝用师以相济也,异德之故也。"

○(春秋战国)《世本·三皇本纪》:"炎帝,以火官名……好耕稼,故号神农氏。"

○(汉代)《纬书集成·春秋纬·元命苞》:"少典妃安登游于华阳,有神龙首,感之于常羊,生神子,人面龙颜,好耕,是谓神农。"

○(汉代)《纬书集成·春秋纬·元命苞》:"女登生神子,人面龙颜,始为天子。"

○(东汉)王符《潜夫论·五德志》:"有神龙首出于常羊,感妊姒,生赤帝魁隗,身号炎帝,世号神农。"

○(西晋)皇甫谧《帝王世纪》:"神农氏,姜姓也。母曰任姒,有蟜氏之女,名女登,为少典妃。游于华阳,有神龙首感女登于尚羊,生炎帝。人身牛首,长于姜水,有圣德。"

○(南宋)罗泌《路史》:"炎帝神农氏……炎精之君也。母安登感神于常羊,生神农于列山之石室,生而九井出焉。初,少典氏取于有蟜氏,是曰安登。生子二人,一为黄帝之先,袭少典氏;一为神农,是为炎帝。炎帝长于姜水,成为姜姓。……(神农)长八尺有七寸,弘身而牛颠,龙颜而大唇,怀成钤,戴玉理。生三辰而能言,五日而能行,七朝而齿具,三岁而知稼穑、般戏之事……受火之瑞,上承荧惑,故以火纪时焉。于是修火之利,范金排货,以济国用……官长师事悉以火纪,故称炎焉。"

【今绎】

一

在古老的姜水①河畔,
有位美丽而聪慧的姑娘,叫女登②,
她是有蟜氏的女儿,少典的妻子。
自从女登嫁给少典后,
姜水地区就年年风调雨顺。
百姓们都认为这是女登带来的福运。
可是,婚后女登一直没有孩子,
她多么盼望能有个孩子啊!

---

①姜水:在陕西省岐山县西。源出岐山,南流合横水入于雍,即岐水。《水经注·渭水中》:"岐水又东径姜氏城南,为姜水。按《世本》:炎帝姜姓。《帝王世纪》曰:'炎帝神农氏姜母安登,游华阳感神而生炎帝,长于姜水。'"
②女登:传说是炎帝神农氏之母。《纬书集成·春秋纬·元命苞》:"少典妃安登游于华阳,有神龙首,感之于常羊,生神子,人面龙颜,好耕,是谓神农。"

二

春天来了,姜水两岸春意盎然①,生机勃勃。

你看,那姹紫嫣红的鲜花,多像身着彩衣的仙子啊!

你闻,那风中流淌的花香,芬芳馥郁②,多令人陶醉啊!

整个世界也热闹起来了。

树上的百灵鸟叽叽喳喳,跳来跳去,激动地对女登说:

"女登,出来玩吧! 女登,出来玩吧!"

因为久婚无子,女登终日怏怏。

她挥手谢绝了百灵鸟的好意。

这时,飞来一只很有见识的燕子,它小声地告诉女登:

"女登,秋天华阳③的芙蓉花,那才叫美呢!

比我们这里的花还要美一百倍、一千倍。

花神常常于此流连忘返,何不去看看呢?"

---

①春意盎然:形容春天生机勃勃,韵味正浓。意:意味;盎然:洋溢,深厚。

②芬芳馥郁(fēn fāng fù yù):一般用来形容盛开的花朵美丽芳香、香气浓厚。也可用来比喻美丽的女性,周身散发的浓烈香气。芬芳:指香气;馥:香气;馥郁:香气浓厚,形容香气非常浓。

③华阳:传说中女登孕神农的地方。古代也称华国,位于嵩山南麓,山南水北谓之阳,故曰华阳。

树上的百灵鸟叽叽喳喳,跳来跳去,激动地对女登说:

"女登,出来玩吧!女登,出来玩吧!"

三

于是，女登对华阳的芙蓉花充满了向往。

她还想去拜访花神，向她寻求生子的秘密。

一想到这儿，她的愿望更加迫切。

她立刻骑上鹿蜀①，叫上凭霄鸟②就出发了。

灭蒙鸟在前探路，鹿蜀一日千里。

女登处处逗留，整日流连。

半路上，她还遇到一只迷路的小蜜蜂。

因为找不到回家的路，急得呜呜直哭。

心地善良的女登柔声安慰，并送它回家。

为表示感谢，蜂王把炼蜜技术传给了女登。

就这样走走停停，停停走走，

终于，在初秋的时候，她们到了华阳。

---

①鹿蜀：神话传说中添子送福的野兽。《山海经·南山经》云："（杻阳之山）有兽焉，其状如马而白首，其文如虎而赤尾，其音如谣，其名曰鹿蜀，佩之宜子孙。"

②凭霄鸟：又叫凭霄雀，神话传说中能高飞的神鸟。晋王嘉《拾遗记》卷一："有鸟如雀，自丹州而来，吐五色之气，氤氲如云，名曰凭霄雀。能群飞，衔土成丘坟。此鸟能反形变色，集于峻林之上，在木则为禽，行地则为兽，变化无常。"

四

漫山遍野盛开着娇艳欲滴的芙蓉花。

粉红、水红、大红、玫红、浅黄……

一层、两层、三层、四层、五层……

女登简直数不过来！鹿蜀、凭霄鸟也来帮忙。

"是粉红！"

"不，不是，是大红！"

"女登，芙蓉花的颜色还不断变化哩！"

秋色无限，驱散了女登心头的阴霾；

蝶戏莺娇，唤起了女登无限的情思。

五

当她收回思绪，

发现面前躺着一条奄奄一息的神龙。

它喘着粗气，不能言语，

脖子上有一条很深的伤口。

女登很着急，可是又没有办法救治神龙。

这时，凭霄鸟指着远处说：

"离这儿不远，有个老山神，或许可以帮……"

漫山遍野盛开着娇艳欲滴的芙蓉花。
秋色无限,驱散了女登心头的阴霾;
蝶戏莺娇,唤起了女登无限的情思。

还没等它说完,女登已经骑上鹿蜀跑远了。
经过一番寻访,他们终于找到了老山神。
山神好像早就知道他们要来的样子,说:
　"只有七色芙蓉可以治疗神龙的伤,
但它生长在非常险峻的悬崖峭壁上。
一般人就连看都没看过,更别说采摘了。"

六

女登谢过山神,又骑着鹿蜀去寻找七色芙蓉。
穿过一座座峡谷,跨过一条条河流,
女登早已口干舌燥,精疲力竭;
鹿蜀的脚底已磨满了血泡;
凭霄鸟的翅膀也扇不动了。
终于,他们在爬上第七座大山之后,
远远地看到悬崖峭壁上,
有闪闪发光的东西。
　"快! 快!"女登的精神为之一振。
近了,近了,果然是七色芙蓉花!
凭霄鸟自告奋勇,振翅飞上前去用喙拽,

凭霄鸟自告奋勇,振翅飞上前去用喙拽,
但是无论它怎么用力,七色芙蓉就是纹丝不动。
这时,凭霄鸟长啸一声,招来了它的伙伴们。
它们一个挨一个,在空中铺成了一座桥,

但是无论它怎么用力,七色芙蓉就是纹丝不动。
鹿蜀和女登都够不着,这可怎么办呢?
这时,凭霄鸟长啸一声,招来了它的伙伴们。
它们一个挨一个,在空中铺成了一座桥,
女登踩着它们的背,终于摘到了七色芙蓉。

七

蜂蜜和芙蓉花都是很好的解毒药材。
女登用从蜂王那里学到的方法炼蜜,
并将炼制好的蜂蜜与捣碎的七色芙蓉花拌在一起,
然后小心翼翼地把花泥敷在神龙的伤口上。
神奇的是,伤口一遇到花泥,就自动愈合了。
神龙渐渐睁开了眼睛,对女登说道:
"果然是个善良的姑娘!"
女登还没明白是怎么回事儿,
只见神龙一跃而起,久久盘旋于半空。
女登立刻周身紫光闪烁,云雾缭绕。
鹿蜀和凭霄鸟看得目瞪口呆。
随后,神龙就飞上九天,不见了。

只见神龙一跃而起,久久盘旋于半空。
女登立刻周身紫光闪烁,云雾缭绕。

八

女登回家后不久,就发现自己怀孕了!
过了秋天,迎来了冬天,
过了冬天,来到了夏天。
白驹过隙般,转眼十个月过去了。
这天,正是午时烈日当空,暑气灼人,
女登突觉腹中剧痛,知道孩子快要出生了。
她躺下来,急促地喘息着,大汗淋漓,准备迎接生育的苦痛,
可没想到,孩子很快就生出来了。一时间,
满屋异香扑鼻,婴儿的哭声震动天地;
部落里香烟缭绕,溪河上霞光普照;
仿佛整个人间都氤氲①着暖流,荡漾着祥瑞之气。

---

① 氤氲[yīn yūn]:又称氲氤,形容烟云弥漫的样子。

九

当女登欣喜地把孩子抱到怀里时,
不觉大惊失色——
这孩子的头上长着小小的犄角,
胖乎乎的胳膊上有几排龙鳞,闪着光。
这模样倒和那条神龙颇为神似!
部落里的人见这孩子长相奇特,
认为他长大后一定是位了不起的人物。

十

事实上果真如此。
这孩子出生后三天,就能开口讲话;
第五天,就能独立行走;
第七天,牙齿就长齐了。
长大后,他带领百姓种植庄稼、打鱼狩猎,
还以身犯险尝百草,救民于水火,
他就是神农。

满屋异香扑鼻,部落里香烟缭绕,溪河上霞光普照;
仿佛整个人间都氤氲着暖流,荡漾着祥瑞之气。
这孩子的头上长着小小的犄角,
胖乎乎的胳膊上有几排龙鳞,闪着光。

【衍说】

　　"女登孕神农"的神话早见载于《竹书纪年》《国语》等典籍,且彼时就基本完备。据《竹书纪年》,神农"三日而能言,七日而齿具,三岁而知稼穑。"汉代的《纬书集成》和西晋时期皇甫谧的《帝王世纪》等书又增添了最为精彩的"感龙而孕"等情节,为神农的身世披上了神秘的色彩。自此,"女登孕神农"的故事框架基本定型。汉代的《淮南子》中,出现了神农富有传奇性的"神于农业"的说法。后来汉代的《纬书集成·春秋纬·元命苞》和晋代的《帝王世纪》等书,除了延续之前的故事脉络,还增添了神农"人身牛首"或"人面龙颜"等外貌体态特征的描写。为充分展现故事的可读性和完整性,本章故事虚构了女登"采七色芙蓉救神龙"等情节。

　　先秦典籍中的"女登孕神农"神话,故事中人物的称谓并未得到统一,《国语》记载的"有蟜氏"即是《孟子》中的"安登"。此处"安登"和"女登",可能是因为"安"和"女"字形相近而导致的误写,明代毛奇龄《天问补注》曰:"登,女登也,亦名安登,炎帝之母也。"汉代司马迁的《史记》也作"女登"来记载。《国语》中的"炎帝"即是《孟子》中记载的"神农"。而且,《孟子·梁惠王章句上》充分解释了神农就是炎帝的原因,让"神农以火德王,故曰炎帝"之说迎刃而解。

到汉代以后，人们常将"神农"和"炎帝"连用，到唐司马贞《史记·补三皇本纪》就说："炎帝神农氏，姜姓。母曰女登，有娲氏之女，为少典妃，感神龙而生炎帝。"既然是同一个神，为什么会有不同的称谓呢？这与古代原始的农耕文化有关。炎帝之所以称"炎"，是因为炎帝是太阳神，有火德。《左传·昭公十七年》记载："炎帝氏以火纪，故为火师而火名。"所以西晋皇甫谧《帝王世纪》记载说："神农氏，姜姓也。母曰任姒，有蟜氏女，名女登，为少典正妃。游华山之阳，有神龙首感女登于尚羊，生炎帝。人身牛首，长于姜水，有圣德。以火承木，位在南方，主夏，故谓之炎帝。"到了后代，"火师"延伸为一种官职，故而明代张九韶《群书拾唾》卷六《官制品第》记载："炎帝五官，神农以火纪官，故号曰火师。"

炎帝和神农称谓的融合，最大的原因就在于原始的耕种技术和火分不开，神农主农耕，而炎帝主火，都和农耕有密切关系。神农的"神"字对应着他的帝王身份，他是"天子"，具有神灵属性，而"农"是因为他有"好耕种"的故事流传于世。在古人心目中，炎帝神农氏是带着崇高的使命造福于民的，所以他大力发展农业，得到了上天的帮助。传说"神农之时，天雨粟，神农遂耕而种之"，同时"九井自穿"，许多井泉涌出了水。炎帝神农氏还发明了耒耜、斧头、锄头等生产工具,教民耕作;发明了制作陶器,便利了人们的生活;倡行日中为市,首辟市场;并制作了五弦琴来演奏,活跃了人们的文化生活。炎帝神农氏的另一突出贡献,是他"始尝百草,始有医药",成为医药神、我国医药的始祖。

姜姓是一个古老的姓氏,《说文解字》载:"神农居姜水……从女,羊声。""女"字底或许与它古老的母系社会的遗存有关。《庄子·盗跖》记载:"神农之世,卧则居居,起则于于,民知其母,不知其父,与麋鹿共处,耕而食,织而衣,无有相害之心,此至德之隆也。"据此可知,炎帝神农氏生活于"民知其母,不知其父"的原始社会母系氏族公社阶段。《吕氏春秋·爱类》又言:"神农之教曰:'士有当年而不耕者,则天下或受其饥矣;女有当年而不绩者,则天下受其寒矣。'故身亲耕,妻亲绩,所以见致民利也。"这说明炎帝神农氏时代又已出现"身亲耕,妻亲织"的家庭形式,这又是父系氏族社会产生的标志。根据以上记载,我们可以看出,炎帝神农氏时代是原始社会由母系氏族社会向父系氏族社会过渡的人类社会文明初创时代。"女登孕神农"神话故事正是在这样的社会背景下产生的。

精卫填海

刘 勤　王春宇　撰
王云娟　绘

【原典】

○(春秋战国)《山海经·北山经》:"又北二百里,曰发鸠之山,其上多柘木。有鸟焉,其状如乌,文首,白喙,赤足,名曰精卫,其鸣自詨(xiào)。是炎帝之少女,名曰女娃。女娃游于东海,溺而不返,故为精卫,常衔西山之木石,以堙于东海。漳水出焉,东流注于河。"

○(东晋)陶渊明《读山海经》:"精卫衔微木,将以填沧海。刑天舞干戚,猛志固常在。同物既无虑,化去不复悔。徒设在昔心,良辰讵可待。"

○(南朝梁)任昉《述异记》:"昔炎帝女溺死东海中,化为精卫,其名自呼。每衔西山木石填东海。偶海燕而生子,生雌状如精卫,生雄如海燕。今东海精卫誓水处,曾溺于此川,誓不饮其水。一名鸟誓,一名冤禽,又名志鸟,俗呼帝女雀。"

○(北宋)王安石《精卫》:"帝子衔冤久未平,区区微意欲何成?情知木石无云补,待见桑田几变更。"

○(明)顾炎武《精卫》:"万事有不平,尔何空自苦?长将一寸身,衔木到终古。我愿平东海,身沉心不改。大海无平期,我心无绝时。呜呼!君不见西山衔木众鸟多,鹊来燕去自成窠。"

【今绎】

一

神农①的小女儿叫女娃②。

神农教人耕种时,女娃给他端茶送水;

神农劳累疲倦时,女娃给他揉肩捶背;

神农闷闷不乐时,女娃给他唱歌跳舞。

神农十分疼爱她,视若掌上明珠。

---

①神农:传说中的太古帝王名。他始教民为耒耜,务农业,故称神农氏。相传他曾尝百草,发现药材,教人治病。《易·系辞下》:"包牺氏没,神农氏作,斫木为耜,揉木为耒。耒耨之利,以教天下。"后世称司农事之官为神农,土神又被称为"神农"。《礼记·月令》:"(季夏之月)毋发令而待,以妨神农之事也。"郑玄注:"土神称曰神农者,以其主稼穑。""神农"也是古代一种学派的名字,《孟子·滕文公上》:"有为神农之言者许行,自楚之滕。"本文中的"神农"指的是太古帝王神农。

②女娃:一说是炎帝最小的女儿,溺于东海后化作精卫鸟,住在发鸠山。精卫与乌鸦相似,但头部有花纹,白嘴红足。精卫的叫声便是自呼其名。精卫每天用嘴夹着西山上的小树枝和碎石去填东海。还有一种说法,女娃是上古的一个部落,由于地球气候变暖,海平面上升,女娃部落遭到灭顶之灾。

神农的小女儿叫女娃。

神农劳累疲倦时,女娃给他揉肩捶背。

二

随着部落的日渐繁荣,
神农的事务也越来越多。
这次,神农又要去远方巡视,
临走前,他像往常一样,微笑着叮嘱女娃:
"孩子,乖乖待在家里啊,可不要调皮哟!"
可是父亲这一去,就是三个月,一点音信也没有。
女娃天天站在门口翘首期盼,
却只能看到太阳的东升西落。

三

有一天,一个老爷爷指着远处告诉她:
"神农在东海①的那边,就是太阳金乌②每天起飞的地方。"
于是,女娃去求母亲听䜣③:
"母亲,母亲,我们一起去找父亲吧!"

---

①东海:我国三大边缘海之一。北起长江口岸到韩国济州岛一线,南以南海为邻。大部分海域深度不超过200米。因位于中国东部而得名。
②太阳金乌:古代神话传说太阳中有三足乌,因用为太阳的代称。唐代李涉《寄河阳从事杨潜》诗:"金乌欲上海如血,翠色一点蓬莱光。"
③听䜣(yāo):神农之妻,女娃之母。《山海经·海内经》:"炎帝之妻、赤水之子听䜣生炎居,炎居生节并。"

母亲对女娃摇摇头,说:

"好女儿,你父亲在忙,我们不要去打扰他!"

女娃又去找哥哥炎居①,

可是,炎居正忙着和大家一起制作农具,哪有功夫理她?

"妹妹,没看我正忙吗? 一点儿也不懂事!"

女娃心一横,暗暗地想:你们都不陪我去,我自己去!

可是家里的船被父亲带走了,我怎么去呢?

四

女娃决定自己做船。

天刚蒙蒙亮,她便偷偷跑出了家门。

手里攥着一把小巧的斧头,去树林寻找合适的木材。

她来到一棵又高又粗的大树前,心想:

"这棵树多么结实啊! 正好做船用。"

她挥舞着斧头砍了起来,

不一会儿就大汗淋漓。

大树只被砍出了一个小口子,

她柔嫩的小手却早已磨出了血泡。

---

①炎居:听訞与神农的儿子。

女娃来到一棵又高又粗的大树前,
心想:"这棵树多么结实啊!正好做船用。"
于是便挥舞着斧头砍了起来,
不一会儿就大汗淋漓。
大树只被砍出了一个小口子,
她柔嫩的小手却早已磨出了血泡。

五

女娃并不退缩,

腰酸了,腿麻了,歇一歇再干;

手磨破了,缠上芦苇再砍。

每天她都是一直干到太阳下山,

把砍好的木料藏起来,才悄悄回家。

这样过了七七四十九天,

女娃终于做成了一条小木船。

她还采来辛夷花和兰草把小船装扮得漂漂亮亮。

六

她朝着东边的方向望去,灿烂的朝霞布满了天空。

她轻轻地摇着船桨,嘴里哼着歌儿,心里轻松自在。

她完全不知道自己已经来到了东海的禁区!

女娃正沉浸在马上就要见到父亲的欣喜中,

忽然几片乌云飘来,遮住了金乌的踪迹。

接连几阵狂风,掀起了几丈高的大浪。

女娃慌了神,她不习水性,

只能死死地把着船沿儿,随着海浪颠簸。

她想求助,却发现孤立无援,只有汹涌的海水向她袭来。
高高的海浪一次次拍向小小的木船,
很快,小木船像纸船一般地被撕成了碎片。
女娃最后紧紧抱住一块木板,随着海涛浮沉。

七

东海发出可怕的声音:
"你这不知天高地厚的女孩,一个人也敢跑来东海!"
"海神,我无意冒犯您,我只想去看看我的父亲!"女娃并不畏惧。
"哼,什么父亲,任你什么理由都不能闯入我的禁区!"东海咆哮着。
"那是因为你没有父亲,你不懂思念父亲的痛苦!"女娃的眼中噙满了泪水。
东海不但没有理解女娃的心情,反而更加暴躁。
他掀起一阵大浪,将女娃卷入了海底。
海面上,只剩下一块木板,孤零零地摇晃。

高高的海浪一次次拍向小小的木船,
很快,小木船像纸船一般地被撕成了碎片。
女娃最后紧紧抱住一块木板,随着海涛浮沉。

八

女娲死了,

她的精魂化作了一只形似乌鸦的小鸟。

小鸟长着斑纹秀丽的脑袋,殷红小巧的脚爪,

洁白坚硬的嘴里不住地发出"精卫、精卫"的悲鸣。

精卫痛恨东海夺去了自己年轻的生命,

更不甘于自己死都没能见上父亲一面,

所以她发誓要报仇雪恨。

精卫在波涛汹涌的海面上盘旋悲鸣,控诉着大海的无情。

她白天不停地从西山衔来石子和树枝投向东海,

晚上就在发鸠山①歇脚。

她心里只有一个信念——把海填平!

只有将汹涌无情的海水变成宽阔无垠的大道,

才能让东海可怕的禁区变成连接彼岸的通途。

---

①发鸠山:位于山西省长子县,又名鹿谷山、发苞山、方山。发鸠山脚下浊漳源头处,自古建有"泉神庙",传说为纪念炎帝之女女娲所建,宋代敕名为灵湫庙。

女娃死了,
她的精魂化作了一只形似乌鸦的小鸟。
小鸟长着斑纹秀丽的脑袋,殷红小巧的脚爪,
洁白坚硬的嘴里不住地发出"精卫、精卫"的悲鸣。
她白天不停地从西山衔来石子和树枝投向东海。

九

东海拍打起层层浪花,涛声发出阵阵嘲笑:
"放弃吧! 精卫! 就算你是神农的女儿,
现在也不过只是只小鸟,休想把我填平!"
精卫愤怒地说:
"你夺去了我的生命,
让我和父亲异类相隔!
你将来还会夺去更多年轻无辜的生命!
哪怕是一千年,一万年,
我总有一天会把你填平的!"

十

后来,一只海燕邂逅了精卫。
海燕深深地同情她的遭遇,也被她的精神所打动。
精卫也心仪这只善良潇洒的鸟儿,就与其结成了夫妻。
他们生出了许多小鸟,雌的像精卫,雄的像海燕。
孩子们听了母亲的故事,也去衔石填海。
直到今天,他们还在努力完成精卫填海的心愿。

后来,一只海燕邂逅了精卫。

海燕深深地同情她的遭遇,也被她的精神所打动。

精卫也心仪这只善良潇洒的鸟儿,就与其结成了夫妻。

他们生出了许多小鸟,雌的像精卫,雄的像海燕。

孩子们听了母亲的故事,也去衔石填海。

十一

精卫的故事流传千古,
陶渊明读《山海经》时发出了
"精卫衔微木,将以填沧海"的感叹。
他想像精卫鸟一样,
拥有锲而不舍的反抗精神和矢志不渝的决心。
王安石也借用"精卫之冤"鸣不平:
"帝子衔冤久未平,区区微意欲何成?"
顾炎武还曾借精卫典故写下
"我愿平东海,身沉心不改,大海无平期,我心无绝时"的
诗句。
人们对精卫既同情又钦佩,
称它为"冤禽""志鸟""帝女雀",
并在东海边"精卫誓水"的地方立碑纪念它。

【衍说】

"精卫填海"的故事首见于《山海经·北山经》。其后,葛洪《抱朴子·内篇》卷二、张华《博物志》卷三,皆承袭其说,无甚变化。直到南朝任昉的《述异记》,又增补了精卫在填海过程中偶遇海燕,并与之结婚生子的内容,是对"精卫填海"神话的进一步丰富。

德国哲学家恩斯特·卡西尔认为:"在不同的生命领域之间没有不可逾越的界限,没有什么东西具有固定不变的确定形态,所有的事物都可以在瞬间变形的过程中转化为其他事物。如果说神话世界有什么突出特征的话,如果说它有什么支配法则的话,那就是这种变形的法则。"在现代人看来,人变为动物是不可思议的,但在原始人的神话思维中却是非常自然的,这在流传下来的神话故事中比比皆是。在古人的思维中,生命是一个连续的过程,死亡并不意味着断灭,而是由一种形态转化为另一种形态的契机。本文所述的"精卫神话"亦是这种变形思维下的产物。

"精卫神话"还反映了原始先民的鸟图腾信仰。高朋、李静从人类学、民俗学角度出发,认为"精卫填海"神话展示了原始部族的鸟图腾信仰。女娲溺死后,化为精卫鸟,而并非是鱼或是其他动物,说明鸟对于原始先民来说具有突出意义,是原始思维的集中体现和符号象征。"鸟"是飞升、超越、突破的象征。鸟、太阳、天空等与鱼、海水、大地等是相对的,所以从神话结构上来说,"鸟"自然是可以填"海"的。

当然,"精卫填海"神话还可以有许多种解读,比如有学者认为"精卫填海"是商代亡国的神话隐喻。段玉明就曾在《亡国之痛的记忆——"精卫填海"神话母题探析》中认为"精卫填海"实际上是一个关于太阳沉没的神话,其背后铭记的是商代覆灭的历史事件,蕴含着一种复国的复仇情绪。众所周知,"天降玄鸟,降而生商",商的祖先便是鸟,将鸟作为图腾崇拜是非常自然的。考古发掘也证明商人的确崇拜"鸟"(鸮)。所以,以"精卫填海"隐喻商代亡国也是有可能的,故将此说备于此。

当神话时代逝去,"精卫填海"所具有的神话氛围与隐喻色彩逐渐消失殆尽。发展到后来,文人骚客更多是用精卫故事中透露的人文精神来抒情言志。故事中,女娃虽然溺死于东海,但是她的精魂却化作了精卫鸟。精卫鸟痛恨大海夺取自己的生命,不甘于到死都未能见到父亲,此外,还想到大海将来会夺取更多人的生命,所以立志填平大海。一只小小的鸟儿,想要与广阔无边的大海抗争,你可以笑她不切实际,但更应尊重她善良的愿望、宏伟的志向,以及锲而不舍的精神。这种"知其不可而为之"的精神,正是"精卫填海"故事之所以脍炙人口的根本原因。张耒作《山海》:"愚公移山宁不智,精卫填海未必痴。深谷为陵岸为谷,海水亦有扬尘时。"文天祥的《自述》借精卫自喻:"千年沧海上,精卫是吾魂。"林景熙《杂咏十首酬汪镇卿》(其九)又用精卫来吊挽文天祥:"垂垂大厦颠,一木支无力。精卫悲沧溟,铜驼化荆棘。"这种"精卫填海"的精神,激励了一代又一代文人志士树立远大理想,在锲而不舍的坚持中实现或接近理想,成就了人生的卓越,垂名青史,万古流芳。

神农播五谷

刘勤 杨陈 撰
司琳 绘

【原典】

○（西周）《周易·系辞下》："包犧氏没，神农氏作，斫木为耜，揉木为耒，耒耨之利，以教天下，盖取诸益。"

○（西汉）刘安《淮南子·修务训》："古者民茹草饮水，采树木之实，食蠃蚘之肉，时多疾病毒伤之害。于是神农乃始教民播种五谷，相土地宜燥湿、肥垅，高下，尝百草之滋味、水泉之甘苦，令民知所避就。当此之时，一日而遇七十毒。"

○（东汉）班固《白虎通德论》："古之人民皆食禽兽肉。至于神农，人民众多，禽兽不足。至是神农因天之时，分地之利，制耒耜，教民农作。神而化之，使民宜之，故谓之神农也。"

○（东晋）干宝《搜神记》："神农以赭鞭鞭百草，尽知其平、毒、寒、温之性，臭味所主，以播百谷。"

○（东晋）王嘉《拾遗记·炎帝神农》："时有丹雀，衔九穗禾，其坠地者，帝乃拾之，以植于田，食者老而不死。"

○（晋）盛弘之《荆州记》："随郡北界有九井，相传神农既育，九井自穿。又云浚一井，则众井水皆动。"

○（南宋）罗泌《路史》："（炎帝神农氏）长八尺有七寸，弘身而牛颠，龙颜而大唇，怀成钤，戴玉理。生三辰而能言，五日而能行，七朝而齿具，三岁而知稼穑、般戏之事。必于秦稷日，于淇山之阳，求其利民宜久食之谷而蓺之。天感嘉生菽、粟、诞苓，爰勤收拾刚壤地而时焉，已则厘年，五子偕至。神农灼其可以养民也,于是因天之时,分地之利,垦土蹉秽,烧爐埩野,以教天下播种,嗣瓜蓏之实,而省杀生之敝,始诸饮食,烝民乃粒。"

○(清)马骕《绎史》卷四引《周书》:"神农之时,天雨粟。神农遂耕而种之,作陶冶斤斧,为耒耜锄耨,以垦草莽。然后五谷兴助,百果藏实。"

【今绎】

一

宁静而富饶的姜水河畔，
孕育着中华民族的祖先——神农。
他长得牛首人身、龙颜大唇、臂有鳞纹；
他出生后，三天会说话，五天能走路，三岁懂稼穑①。
在他教百姓播种五谷②之前，
人们一直过着朝不保夕③的生活——

---

①稼穑(jià sè)：春耕为稼，秋收为穑，稼穑即播种与收获。也泛指农业劳动，为农事的总称。关于神农奇特的长相和特殊的才能，见战国《竹书纪年》的记载："少典之君，娶于有蟜氏之女，曰安登，生神农。三日而能言，七日而齿具，三岁而知稼穑。"

②五谷：现在泛指各种主要的谷物。在我国古代，"五谷"存在多种说法，所指不一，最主要的有两种：一种指稻、黍、稷、麦、菽；另一种指麻、黍、稷、麦、菽。其中，前者占主流。本文的"五谷"取主流观点，即稻、黍、稷、麦、菽。

③朝不保夕：早晨不能知道晚上会变成什么样子或发生什么情况，难以保证仍然平安无事。形容形势危急，难以预料。也作"朝不谋夕"。语出《左传·昭公元年》："吾侪偷食，朝不谋夕，何其长也。"

挖野菜、采野果、捉虫鱼、捕鸟兽①。
一旦遇到食物匮乏,或者食物中毒,
就会遭遇长时间的饥荒,甚至濒临灭绝。

二

这天,神农正在为百姓吃不饱而苦恼,
忽然看见蔚蓝的天空飞过来一只丹雀②。
它浑身长着红色的羽毛,机灵的小脑袋上泛着微光,
两只翅膀不停地拍打着,嘴里衔着一株九穗稻禾,
在神农的头顶一边盘旋一边叫道:
"神农,快来接谷! 神农,快来接谷!"
紧接着,天空便洒下很多神奇的种子:
红的黄的、大的小的、长的短的、扁的圆的……

---

①汉刘安《淮南子·修务训》:"古者民茹草饮水,采树木之实,食蠃蚌之肉,时多疾病毒伤之害。于是神农乃始教民播种五谷,相土地宜燥湿、肥垆、高下,尝百草之滋味,水泉之甘苦,令民知所避就。当此之时,一日而遇七十毒。"

②丹雀:中国古代神话传说中象征祥瑞的赤色雀。神农曾得其所衔之九穗禾。晋代王嘉《拾遗记·炎帝神农》:"时有丹雀,衔九穗禾,其坠地者,帝乃拾之,以植于田,食者老而不死。"

神农忽然看见蔚蓝的天空飞过来一只丹雀。
它嘴里街着一株九穗稻禾,
在神农的头顶一边盘旋一边叫道:
"神农,快来接谷!神农,快来接谷!"
紧接着,天空便洒下很多神奇的种子:
红的黄的、大的小的、长的短的、扁的圆的……

三

神农拾起这些五颜六色、形状各异的种子,
正打算尝尝它们的特性。
这时,几个老人异口同声地说:
"等一等,神农! 还是先让赭鞭①来辨识一下吧!
它能识别世间万物的平、毒、寒、温。"
神农接过赭鞭,经过一番测试,
知道它们都无毒之后,便拣了几颗放在嘴里尝了尝。
这些种子香香的、脆脆的,咬下去嘎嘣儿直响。
刚一咽下去,神农就觉得肚子充盈,浑身都充满了力量。

四

神农激动得热泪盈眶!
他知道这些种子有饱腹的魔力,
就选了其中最好吃的五种,

---

①赭鞭(zhě biān):中国神话传说中的宝物,神农氏用赤色神鞭鞭打各种草木,详尽地了解草木是有毒还是无毒,是凉性还是温性。晋代干宝《搜神记》云:"神农以赭鞭鞭百草,尽知其平、毒、寒、温之性,臭味所主,以播百谷。"

神农拾起这些五颜六色、形状各异的种子，打算尝尝它们的特性。

分别将它们命名为稻、黍、稷、麦、菽①。
神农准备选择一个合适的时节播下种去，
让它们生根、发芽、抽穗、结果，
这样，百姓们就再也不会挨饿了！

五

万物萌动、草长莺飞的春天到了。
"布谷——布谷——
神农，快去撒谷！ 神农，快去撒谷！"
勤劳的布谷鸟儿飞到神农家门口直叫。
伴着布谷鸟急促、清脆的鸣叫声，
神农在潮湿、松软的土壤上撒下了一排排种子。
可他刚一转身，种子就被调皮的麻雀吃光了。
神农只得重新播撒，并覆盖上一层薄土。

---

①稻俗称水稻、大米；黍(shǔ)俗称黄米；稷(jì)又称粟(sù)，俗称小米；麦俗称小麦；菽(shū)俗称大豆。

伴着布谷鸟急促、清脆的鸣叫声，
神农在潮湿、松软的土壤上撒下了一排排种子。
可他刚一转身，种子就被调皮的麻雀吃光了。

六

几场春雨潇潇，
黄米、小米、大豆的新芽，
陆陆续续地从土里探出了头。
不久，水稻也舒展手臂，迎接美好的春光。
神农仔细数了数，发现只有麦种迟迟不发芽。
他担心麦种被蛇虫鼠蚁吃掉，
便小心翼翼地翻开土查看，
见它们仍安然无恙地躺在那里，舒了口气。
"原来还不到时候呐！"神农会心一笑，
又轻轻掩上土，转身离开了。

七

随着黄米、小米、大豆越长越高，
各种杂草也越来越丰茂。
神农带领大家用石锄将杂草除掉之后，
庄稼便开始尽情地享受阳光、汲取营养，
并飞速地抽穗、开花、结果。
可水稻却一直耷拉着叶子，奄奄一息。

这时,丹雀又飞过来叫道:"水! 水! 水!"

神农这才知道,水稻之所以毫无生气,是因为缺水。

于是就把它们移到了水田里。

而此前一直未露面的麦子,

直到水稻、黄米、小米、大豆都入仓以后,

才伸出脑袋欣赏深秋的美好。

八

春去秋来,寒来暑往,

辛勤耕耘,五谷丰登。

神农渐渐读懂了五谷的习性,掌握了耕耘的技巧。

水稻、黄米、小米和大豆是春种秋收,

唯独小麦是秋播夏收,

若是能再压上一场积雪,来年小麦的产量定能翻倍。

黄米、小米、大豆、小麦生长在旱地,

只有水稻宜在水田。

神农召来所有百姓,把这些知识都教给他们。

九

在种植五谷的过程中,人们也发现:
平坦开阔的河谷更适宜种植;
颗粒饱满的种子更容易成活。
看到百姓们徒手翻耕、除草那么劳累,
神农又发明了耒耜①。
极大地节省了人力。
耒耜不仅可以翻土,还可以铲除杂草。
这样,耕作的效率就大大地提高了。

十

如果庄稼生了虫,神农就带领大家捉虫;
如果虫子太多,神农就命人把遭遇虫害的庄稼割掉。
如果遇到土地贫瘠,不利于五谷生长,
神农就让百姓用火焚烧干枯的草木、秸秆,
然后把灰烬铺撒到田地里,以增加土壤的肥效。

---

①耒耜(lěi sì):中国古代的一种翻土农具,形状像木叉,上有弯曲的木柄,下面是犁头,可以用来松土,也被视为犁的前身。语出《礼记·月令》:"(孟春之月)天子亲载耒耜,措之于参保介之御间。"

神农又发明了耒耜。

极大地节省了人力。

耒耜不仅可以翻土,还可以铲除杂草。

十一

神农还告诉大家,
土壤颜色各异,成分也不同。
黑土最肥沃,富含腐殖质,
最宜种植大豆、水稻等;
黄土较干燥,是砂性土壤,
适合种植小麦、小米等。
此外,红土、紫土也各有千秋。

十二

从此以后,百姓们主要靠五谷维生,
结束了之前常常饥荒、屡屡中毒的局面。
如果碰上天公不作美,庄稼颗粒无收,
神农就将贮藏的五谷分发给老百姓。
神农首创五谷耕作,发明农具,
宣告了游牧文明的结束,农耕文明的肇始①。
华夏子孙为了感念神农的巨大贡献,

---

① 肇始(zhào shǐ):事情的发端、开始。语出南朝梁刘勰《文心雕龙·史传》:"至于晋代之书,繁乎著作。陆机肇始而未备,王韶续末而不终。"

为他修建了陵祠①和行宫②,

时时祭拜,饮水思源。

---

①陵祠(líng cí):陵墓和祠堂,指神农的陵墓及祭祀神农的祠堂。
②行宫(xíng gōng):古代京城外供帝王出行时居住的宫室,也指帝王出京后临时寓居的官署或住宅。

神农告诉大家:

土壤颜色各异,成分也不同。

他首创五谷耕作,发明农具,

宣告了游牧文明的结束,农耕文明的肇始。

【衍说】

神农,即炎帝,姜姓,号神农氏,也被称为烈山氏、连山氏,是远古三皇之一、中国原始农业的始祖、中华农耕文明的创始者,也是医药的发明者和守护者。相传神农尝百草、教民农耕、教人医药,被世人尊称为"药祖""五谷先帝""神农大帝""农皇""药神",庇佑农业收成、百姓健康。

与三皇五帝其他人物一样,神农也具有"龙"的特点,或者说具有"龙"的精神和灵魂。首先,许多古籍就记载了神农"龙颜大唇"的外貌特点。其次,据考古,神农氏是新石器时期的一个原始部落氏族。从"女登感神龙"而孕神农的神话故事可以看出,神农文化与龙文化也密切相关。远古先民常常四处迁徙,他们需要具有超强本领的"龙"来保护自己。无论龙的形象如何演变,但龙的精神纽带作用却从未改变。无论是在政治、艺术还是习俗、信仰领域,龙都占有非常重要的地位。龙已成为华夏民族的标志。

"神农播五谷"的故事早见于西周时期的《周易·系辞下》。其曰:"包牺氏没,神农氏作,斫木为耜,揉木为耒。耒耨之利,以教天下,盖取诸《益》。"此处说神农教天下百姓制作了农具。到了春秋战国时的《竹书纪年》,则增添了神农具有神话色彩的部分,说神农父为"少典之君",母为"有蟜氏之女,曰安登"。神农出生后,"三日而能言,七日而齿具,三岁而知稼穑"。这无疑给神农的身世披上了一层神圣的外衣。西汉刘安《淮南子·修务训》中始见"神农播五谷"的记载:"古者,民茹草饮水,采树木之实,食蠃蚌之肉,时多疾病毒伤之害。于是神农乃始教民播种五谷,相土地宜燥湿肥垆高下,尝百草之滋味、水泉之甘苦,令民知所避就。"这里除了说神农教百姓播种五谷,还亲尝百草、水泉,不仅了解决了百姓的温饱问题,而且让百姓规避"疾病毒伤之害"。到了晋代,王嘉在《拾遗记》中对五谷的来源做了神话性的记载:"时有丹雀,衔九穗禾,其坠地者,帝乃拾之,以植于田,食者老而不死。"后世之书,大都沿用上述记载。

从这些文字记述中,我们也可以知道一些传说中的人类生活情况:神农氏之前,先民采集渔猎、茹毛饮血。随着人口的增加,食物越来越少,人们陷入了饥荒。神农开始教民开垦土地、播种五谷、制作耒耜,结束了民多粮少的饥荒时期,这也反映了中国原始时期从游牧社会过渡到农耕社会,由采集渔猎进步到农业生产的历史进程。

在这一文明开化的神话传说中,除发明者神农外,另一关键则是"五谷"。关于"五谷"的说法颇多。最主要的有两种:一种指麻、黍、稷、麦、菽;另一种指稻、黍、稷、麦、菽。春秋战国以前的典籍主要持前一种观点,如《周礼·疾医》云:"以五味、五谷、五药养其病。"郑玄注云:

"五谷,麻、黍、稷、麦、豆也。"《素问·藏气法时论》:"五谷为养。"王冰注云:"谓粳米、小豆、麦、大豆、黍也。"春秋战国及以后的典籍主要持后一种观点,如《孟子》说:"树艺五谷,五谷熟而民人育。"赵歧注云:"五谷谓稻、黍、稷、麦、菽也。"《楚辞·大招》云:"五谷六仞。"王逸注云:"五谷,稻、稷、麦、豆、麻也。"

之所以对五谷有不同的记载,主要是因为古代经济文化中心在黄河流域,稻的主要产地在南方,而北方种稻有限,所以"五谷"中最初无稻。明代宋应星《天工开物》说:"凡谷无定名。百谷,指成数言。五谷则麻、菽、麦、稷、黍,独遗稻者,以著书圣贤起自西北也。今天下育民人者,稻居什七,而来牟(大麦)、黍、稷居什三。麻、菽二者,功用已全入蔬饵、膏馔之中,而犹系之谷者,从其朔也。"很明显,稻、黍、稷、麦、菽、麻就是当时的主要作物。所谓五谷,就是指这些作物,或者指这六种作物中的五种。但随着社会经济和农业生产的发展,五谷的概念就不断地演变。现在所谓的五谷,实际只是粮食作物的总名,泛指所有粮食作物。

神农驱毒神

刘勤 李远莉 撰
甘钰萍 王云娟 司琳 绘

还有,湖泊边汲水的女人、原野上奔跑的孩子……

二

有的人明明昨天还好好儿的,
今天就卧病不起,奄奄一息。
有的腹痛、腹泻,有的恶心、呕吐,
有的面紫、昏厥,有的大热、狂走。
美好的人间,突然被瘟疫之网所笼罩。
牛首神农心急如焚,
他深知,这一定是毒神在作乱。
他起身拽紧赭鞭,下定决心:
"毒神不守诺言,为非作歹,
看我前去,打他个魂飞魄散①!"

---

①魂飞魄散:指魂魄离体,比喻死亡。古代认为魂是阳气,构成人的思维才智。魄是粗糙重浊的阴气,构成人的感觉形体。魂魄协调则身体健康,人死则魂归于天,魄归于地。《礼记·郊特牲》:"魂气归于天,形魄归于地。"

有的腹痛、腹泻,有的恶心、呕吐,
有的面紫、昏厥,有的大热、狂走。
美好的人间,突然被瘟疫之网所笼罩。

三

神农骑上大鹏①就出发了。
他跨四渎,横渡八流②,
处处留心,细细观察,
居然没有发现毒神的半点踪迹。
这日,他正倚着梧桐树③歇息、思考,
一个翩翩少年恰路过,递给他一个水蜜桃:
"长者,吃个桃子解解渴吧!"
神农正唇焦舌燥,欲伸手去拿,
赭鞭突然跳起来,甩了少年一鞭,
神农定睛一看:"这不是鸩鸟④吗?"

---

①大鹏:中国神话传说中最大的一种鸟,由鲲变化而成。庄子《逍遥游》:"北冥有鱼,其名为鲲。鲲之大,不知其几千里也。化而为鸟,其名为鹏。鹏之背,不知其几千里也。怒而飞,其翼若垂天之云。"

②四渎:长江、黄河、淮河、济水;八流,又谓八水,即渭水、洛水、汉水、沔水、颍水、汝水、泗水、沂水。《尔雅·释水》云:"江、河、淮、济为四渎。四渎者,发源注海者也。"晋张华《博物志》卷一云:"八流,亦出名山。渭出鸟鼠,汉出嶓冢,洛出熊耳,泾出少室,汝出燕泉,泗出陪尾,沔出月台,沃出太山。"《艺文类聚》卷八"汉"作"漾","泾"作"颍","沔"作"淄","沃"作"沂"。

③梧桐树:传说中高洁之树。《庄子·秋水》:"夫鹓雏(凤凰)发于南海,而飞于北海,非梧桐不止,非练实不食,非醴泉不饮。"

④鸩鸟(zhèn niǎo):传说中的一种毒鸟。相传以鸩毛或鸩粪置酒内有剧毒。屈原《离骚》:"吾令鸩为媒兮,鸩告余以不好;雄鸩之鸣逝兮,余犹恶其佻巧。"

见被叫出名字,

鸩鸟尖叫一声,落荒而逃。

四

鸩鸟奔走呼号,很快便通知了另外七十一毒神:

"牛首神农太可恶,手执赭鞭将要把我们灭掉!"

七十二毒神个个面如土色,咬牙切齿:

"我们开动脑筋来商议,

麻痹赭鞭,毒死神农,

从此便再无人阻挡我们,

将这世界变为瘟疫之所!"

一个翩翩少年恰路过,递给他一个水蜜桃,
神农正唇焦舌燥,欲伸手去拿,
赭鞭突然跳起来,甩了少年一鞭。神农定睛一看:"这不是鸠鸟吗?"
见被叫出名字,鸠鸟尖叫一声,落荒而逃。

五

赤褐色赭鞭,乃神农火德化身①。
自从神农踏上驱逐毒神的征程,
赭鞭夜夜睡得浅,以绝昏沉。
但智者千虑,必有一失。
曼陀罗、天仙子、蛤蟆菌、颠茄、罂粟②,
魔幻一族,见缝插针,趁着赭鞭打哈欠的当儿,
化作迷幻之网,牢牢将其困住。

六

赭鞭被迷惑,整日笑呵呵。
神农端来水,以为可以喝。
百足藏其中,欢快唱着歌:
"赭鞭已失性,神农不足惧。
他有角两只,我有足千条。"

---

①神农火德:民间把炎帝神化为"火神"和"太阳神"。《帝王世纪》说神农氏以"火德王,故曰炎帝,以火名。"
②以上均是能致幻的草药。

曼陀罗、天仙子、蛤蟆菌、颠茄、罂粟，
魔幻一族，见缝插针，趁着赭鞭打哈欠的当儿，
化作迷幻之网，牢牢将其困住。

七

百足虫①潜入神农之腹，

一足成一虫，一虫成千虫。

如此千变万化，毒浸全身。

腹痛痉挛面色紫，

肺肝寸断五脏黑，

牛首神农即将死。

八

百足虫敲锣打鼓，

鸩鸟们旋转呼叫，

箭毒木②扭动笨拙的身姿，

断肠草③吹着尖锐的口哨，

---

①百足虫：剧毒之物，相传神农尝百草，尝至百足虫，无解而亡。明周游《开辟演义》第十八回释疑："但传炎帝尝诸药，中毒者能解；至尝百足虫入腹，一足成一虫，遂致千变万化，炎帝不能解其毒，因而致死。"

②箭毒木：又名见血封喉，剧毒性桑科植物。人畜伤口一经接触含有剧毒的乳白色汁液，即可使中毒者心脏麻痹（心率失常导致），血管封闭，血液凝固，以至窒息死亡。

③断肠草：葫蔓藤科植物葫蔓藤，一年生的藤本植物，有剧毒。钩吻的根部在离开泥土时略带香味，但多闻会令人产生晕眩感。

百足虫潜入神农之腹,一足成一虫,一虫成千虫。
如此千变万化,毒浸全身。腹痛痉挛面色紫,
肺肝寸断五脏黑,牛首神农即将死。

马钱子①打着整齐的节拍,

魔幻族也露出诡异的微笑。

九

天空阴云布,河上氤氲②起。

村中男与女,扶将哭流涕。

山野已震动,万物皆悲痛。

九井自然穿,泪涌上九天③。

"神农为我驱毒神,反被毒神来算计。

天网恢恢疏不漏④,地德茫茫存正义。"

---

①马钱子:又名番木鳖、苦实把豆儿,种子极毒,中医学上以种子炮制后入药,性寒,味苦,有通络散结,消肿止痛之效。《本草纲目》:"主治伤寒热病,咽喉痹痛,消痞块,并含之咽汁,或磨水噙咽。"

②氤氲(yīn yūn):也作"烟煴",指湿热飘荡的云气,形容烟云弥漫的样子;也有"充满"的意思,形容烟或云气浓郁。唐张九龄《湖口望庐山瀑布泉》:"灵山多秀色,空水共氤氲。"此处指河面笼罩了一层水雾。

③九井自然穿:出自《后汉书·郡国志》刘昭注引《荆州记》:"神农既育,九井自穿,汲一井则众井动。"袁珂认为据此可知其关系于农耕水利。此用于形容万物悲痛之状。

④天网恢恢疏不漏:即天网恢恢,疏而不漏。意思是天道如同一张大网,即便看起来并不周密,但它是公平的,任何作恶之人最终都逃脱不了它的惩处。出自《道德经》:"天网恢恢,疏而不失。"

十

大鹏从灵山运来炼药之鼎，
众人哭着将神农安放其中。
雪莲、灵芝从天降，
人参、首乌由地出。
深海珍珠出仙贝，
冬虫化为夏草来。
还有茯苓、石斛、松茸……①
一一赶来，跳入鼎中。
泪水化为甘泉，浸润仙草；
赭鞭变身烈焰，上炙神鼎。
丹鸟吐灵丹，神鸦绕祭坛。
如此七日夜，
剧毒渐消，魂魄归位，
牛首神农即将醒。

十一

神鼎迸裂，红光喷薄。

---

① 以上皆为仙草。

大鹏从灵山运来炼药之鼎,

雪莲、灵芝从天降,人参、首乌由地出。

深海珍珠出仙贝,冬虫化为夏草来。

还有茯苓、石斛、松茸……一一赶来,跳入鼎中。

泪水化为甘泉,浸润仙草;赭鞭变身烈焰,上炙神鼎。

丹鸟吐灵丹,神鸦绕祭坛。

神鼎迸裂,红光喷薄。

神农经此一劫,
大难不死,竟炼成玲珑①身:
其腹如水晶,其肠如流水。
食物穿肠过,性质全了然。
何物主肝胆,何物伤耳目,
何物有剧毒,何物能克之,
于此一一都了然,神农因以名之。
即便无赭鞭,百毒不可犯。

十二

鸩鸟哀嚎弥天际,
七十二毒神又商议:
"神农判出我姓名,
吓得我屁滚尿流,
快快逃进深山林!"
至今良药平地广,
毒药放眼果然稀。

---

①玲珑:即玲珑剔透,指清澈得可看穿,形容小巧、精工制造、精致、结构奇巧、内部镂空的手工艺品。明吴承恩《西游记》第四回:"复道回廊,处处玲珑剔透;三檐四簇,层层龙凤翱翔。"文中用于形容神农身体的通透。后来的民间传说有很多版本,比如有的说,"药王木"可以从人体的外面照见内脏。

【衍说】

本系列关于神农与医药关系的一共有两篇,一篇是《神农尝百草》,一篇就是这篇《神农驱毒神》。相对而言,"神农尝百草"的故事更为人所熟知。《神农本草经》记载:"神农尝百草,日遇七十二毒,得茶而解之。"各个版本的故事多有不同,有的说一日遇毒十二次,有的说一日遇毒七十次,有的说一日遇毒上万次;关于他的死亡,有的说他最后因误食断肠草而死,有的说他最后因误食百足虫而死;当然有的版本并未说到他的死亡。尽管版本不同,这些基本的倾向和内容是一致的。

鄂西北的民间歌谣《黑暗传》,还保留着关于神农的一些远古神话:"七十二毒神,布下瘟疫阵,神农尝草遇毒药,腹中疼痛不安宁,急速尝服毒药。七十二毒神,商议要逃生:'神农判出我姓名,快快逃进深山林。'至今良药平地广,毒药平地果然稀。"七十二毒,变成了七十二毒神,拟人化色彩浓厚,且用毒神败北的路线来解释如今的药材分布情况,是典型的释源性神话。

赭鞭一词最早见于《汉书·王莽传下》:"桃汤赭鞭,鞭洒屋壁。"颜师古注云:"桃汤洒之,赭鞭鞭之也。"桃汤,指用桃木煮成的液汁,古人用以挥洒驱鬼。同理,赭鞭在这里也应具有这种作用。晋干宝《搜神记》记载:"神农以赭鞭鞭百草，尽知其平、毒、寒、温之性，以播百谷，故天下号神农也。"赭，红褐色。赭鞭，红褐色的鞭子。后人又称"赤鞭"，如唐杨炯在《晦日药园诗序》中说："岂直帝神农旋赤鞭而驱毒，崔文子拥朱幡以救人，山图采之而得道，姮娥窃之而奔月，若斯而已哉！"

赭鞭与神农到底是怎么扯上关系的，书缺有间，难以厘清。但是，我们能了解一些大概。神农氏，又叫炎帝，又号魁隗氏、连山氏、列山氏、朱襄氏等。《淮南子·天文训》："南方，火也，其帝炎帝，其佐朱明，执衡而治夏；其神为荧惑，其兽朱鸟，其音徵，其日丙丁。"神农氏（炎帝）—火（火德）—朱（红褐色赭鞭、朱雀）—朱雀（朱鸟）—南方，这些关系便一目了然。从星际分野来说，炎帝星位居南部天空，与我国南方地区相应。我国南方地区的气候特点之一是炎热，故有南方炎天之说。五行理论综合上述现象，将其纳入自己的理论体系，形成了"火"这一行与南方、红色、炎热、丙丁等相串联的系列表述（郑慧生《商代卜辞四方神名、风名与后世春夏秋冬四时之关系》）。故今人也一般认为：神农氏有圣德，为火德之帝，故用赤鞭。本故事中的赭鞭也是神农火德所化。此外，鉴于神农在医药和五谷方面的特出贡献，神农的形象被塑造为牛首人身之象，而人驱赶牛耕作则要使用鞭子，"牛"与"鞭"的密切关系也可由此得到一些解释。

再说"七十二"这个数字（如前所说，亦有十二、七十等说法，于此不论）。这一数字崇拜很可能与"七十二候"有关。"七十二候"之说源于黄河流域，完整的记载在公元前2世纪的《逸周书·时训解》中可见。它以五日为一候，三候为一气，六气为一时，四时为一岁，一年合二十四节气七十二候三百六十天（只取其整数）。各候均与一个物候现象相应，称候应。其中植物候应有植物的幼芽萌动、开花、结实等物候现象，动物候应有动物的始振、始鸣、交配、迁徙等物候现象，非生物候应有始冻、解冻、雷始发声等物候现象。七十二候候应的依次变化，循环往复，反映一年中气候变化的一般情况（周玉秀《〈时令〉〈时训〉与〈时训解〉——〈逸周书·时训解〉探微》）。因此，神话很可能是在用"七十二"这个数字，隐喻七十二候，暗示神农氏在一年三百六十天中，每一天都有"遇毒"的遭遇。

神农尝百草

刘勤 严焱 撰
甘钰萍 绘

【原典】

○(东晋)干宝《搜神记》:"神农以赭鞭鞭百草,尽知其平、毒、寒、温之性,臭味所主,以播百谷,故天下号神农也。"

○(西汉)刘安《淮南子·修务训》:"古者民茹草饮水,采树木之实,食蠃蚌(luǒ bàng)之肉,时多疾病毒伤之害。于是神农乃始教民播种五谷,相土地宜燥湿、肥垆(qiāo)、高下,尝百草之滋味,水泉之甘苦,令民知所避就。当此之时,一日而遇七十毒。"

○(明)周游《开辟演义》:"帝同百官出猎,见百姓面皆黄肿,有风湿之病。帝心不安,甚怜之,回朝升殿,群臣侍立,帝曰:'朕出巡四郊,见民脸有黄色,身似浮肿,必有疾病。或虚者,实者,寒者,热者,或寒热相半者,朕想非药不治,须遍采天下异草,朕亲尝之。若性寒者,汇治热病;性热者,汇治寒病;其体虚者用补药,实者用清药。如此,民不至于夭死也。'"

○(明)周游《开辟演义》:"一日遇毒药十二味,神而化之。命后将此补泻、温凉、寒热等药各放一处,帝辨其君臣佐使之义,遂作方书,以疗民疾,而医道立矣。"

【今绎】

一

"神农,这个女孩的心窝还是温的!"
"快,快,赶紧抬到神农那边去!"
"她刚吃了个野果子,啃了一口就不行了。"
"神农,这里又死了一个!"
"快,快,赶紧掩埋起来,免得瘟疫蔓延。"
大家挨个儿来回仔细检查了几遍。
左边是刚刚垒好的新坟,泥土是新鲜的黄色;
右边又在开始下葬,亲人声嘶力竭,哭倒在地。
神农掩面转过身来,眉头紧蹙①,面色凝重。

---

①眉头紧蹙(méi tóu jǐn cù):紧皱着眉目,有心事的样子。

左边是刚刚垒好的新坟,泥土是新鲜的黄色;
右边又在开始下葬,亲人声嘶力竭,哭倒在地。
最近中毒的人接二连三,
神农掩面转过身来,眉头紧蹙,面色凝重。

二

条件恶劣,族人真是生存不易啊!
挖野菜,喝生水;采蘑菇,捡河蚌。
运气好的时候,能捕捉到一两头野兽,
运气不好的时候,就什么也没有。
不仅食物匮乏,最近族人还接二连三地中毒。
前一刻还活蹦乱跳的,后一刻就莫名其妙地死了,
完全找不到规律,也无法预测。
神农决定以身试毒,遍尝百草。

三

听说神农要以身试毒,
族人们纷纷赶来劝阻。
"神农,我们已经失去亲人,不能再失去您了啊!"
"神农,您要是再有个三长两短,整个部落可就真的完了啊!"
族人们扑通扑通跪下,咚咚咚地磕着响头:
"大家都起来吧! 我不会有事的。"
神农边说边在腰间挂上两个布袋子。

左边的用来装有毒之物,右边的用来装无毒之物;

左边的用来装毒药,右边的用来装解药。

"神农,毒药不长眼,您可千万去不得啊!"

神农回过头,眼中闪过一丝泪光:

"眼看族人接二连三离去,我心如刀绞,如坐针毡。

大家放心,我有水晶肚①,有赭鞭,不会那么容易死掉的。

如果,我是说如果,如果我死了,部落得以延续,我也死得其所啊!"

四

神农准备好行李就上路了。

白天,赭鞭是一条能变色的鞭子,

神农靠它来判断食物的平、毒、寒、温;

晚上,赭鞭变成一圈不熄的篝火,

神农靠它取暖,并驱散野兽毒虫。

---

①水晶肚:相传神农的肚子像水晶一样透明,可见内脏器官。明代周游《开辟演义》第十八回:"王子承曰:后世传言神农乃玲珑玉体,能见其肝肺五脏,此实事也。若非玲珑玉体,尝药一日遇十二毒,何以解之?"

族人们扑通扑通跪下,咚咚咚地磕着响头:
"大家都起来吧!我不会有事的。"
神农边说边在腰间挂上两个布袋子。
左边用来装有毒之物,右边用来装无毒之物;
左边用来装毒药,右边用来装解药。

五

有一天,神农在河滩边发现一株植物。
它开着紫色的小花儿,花形像蝴蝶一样;
叶子长得十分对称,轻薄得像羽毛一样。
神农解下赭鞭,挥手一甩,
"啪——",赭鞭一接触到此草,
发出温和的光,神农便知道其味"平"。
他将鞭下的叶子放在嘴里咀嚼,满意地点点头:
"果然,味甘,性平,无毒。此'甘草'也!
可补脾益气、清热解毒、祛痰止咳、缓急止痛、调和诸药。"
神农将其投入了右袋。在甘草周围,
他还发现了罗布麻、胡杨、芦苇、沙蒿、麻黄等植物。

有一天,神农在河滩边发现一株植物。
它开着紫色的小花儿,花形像蝴蝶一样;
叶子长得十分对称,轻薄得像羽毛一样。

六

神农翻过几座山,来到一处丘陵地带,
这里温暖而湿润,昼夜温差很大。
他倚靠着一棵大树惬意地休息,
一丛葱绿的灌木映入眼帘。
只这么一眼,神农便觉凉爽。
他情不自禁地伸手去摘下一片
又尖又嫩的小绿叶,放在嘴里咀嚼。
神农觉得口气突然清新起来,精神也随之一振。
透过水晶肚,只见这片小叶子
在腹中如刷子一样上下擦洗,
将肠内污垢洗得干干净净!
神农惊喜极了:"这就是'茶'啊!
状似巡查,它是肠内'清道夫'。
有了它,什么毒药都不用怕了!"
神农又将其投入右袋。

他情不自禁地伸手去摘下一片又尖又嫩的小绿叶,放在嘴里咀嚼。神农觉得口气突然清新起来,精神也随之一振。

七

又一天，神农来到山坡下的树林中，

看到一株半人高的草，开着茵绿色的小花儿。

一串串穗状花序，十分可爱，有的还挂上了小果子。

它分枝对生，叶子圆圆的，叶梢却尖尖的。

神农用赭鞭一测，赭鞭发出温和的光。

神农放心地取了两粒小果子放到嘴里。

"又苦，又酸，平，归肝肾经……"神农紧蹙眉梢，仔细品味着。

突然，小果子到了肚子里，咚咚顶撞，

神农之膝突然酸痛，肿似牛膝。

赭鞭忙卷来茶叶，才为神农解了毒。

"有毒与无毒看来都是相对的啊！"

苏醒过来的神农不无感叹地说：

"它让我的膝盖肿似牛膝，此物就叫'牛膝'吧！"

一路上，神农不知道中了多少次毒，

都因为及时服用了茶叶而化险为夷。

八

神农发现,

自然万物都是药,特性功能千差万别。

药有酸、咸、甘、苦、辛五味,

也有寒、热、温、凉四气。

甘草、大枣甜,葡萄、覆盆子酸;

黄连、龙胆苦,菖蒲、橘柚辛。

人参补益,麻黄定喘;

常山截疟,芒硝通便,大黄泻下……

神农逐一品尝、鉴别,并分袋装好。

他尝百草的同时,还会检验沿途水质。

哪些水不宜喝,哪些水能强身健体,

神农尝试之后,都详细地做了记录。

九

又一天,神农走入一片疏林,

午后的阳光洒下来,斑驳①得让人有些困意。

一棵树上绕着根藤蔓,开着黄色的小茶花,格外鲜艳夺目。

更奇怪的是,它的叶子,竟然不停地伸缩蠕动,

弄得神农眼睛有点儿花,头有点儿晕。

他怀疑这是妖草,定要探个究竟。

他拿出赭鞭,赭鞭居然耷拉着头睡着了。

"大概因为此草具有迷幻作用吧!"

神农伸手摘了一片很小的叶子,放入口中,

"苦,辛……"神农刚说了两个字,突然倒地而亡。

他口吐白沫,肠子节节断裂。

---

①斑驳(bān bó):一种颜色中杂有别种颜色(杂色)。也作班驳。

十

人们终于找到了神农,
他们把这种毒草称为"断肠草"。
神农留下的袋子,
左袋收集花草根叶四万七千余种,
右袋收集药草三十九万八千余种。
后人感念神农牺牲自己、拯救世人的精神,
尊称他为"医药之祖""农皇药王",
并在各地建立"药王庙",祭祀神农。

后人感念神农牺牲自己、拯救世人的精神,
尊称他为"医药之祖""农皇药王",
并在各地建立"药王庙",祭祀神农。

【衍说】

神农、伏羲、女娲合称"三皇",可见三者在中国文化中的始源性作用。如果说女娲主要司掌人的生殖,伏羲主要司掌文明开化,神农则主要司掌基本的生产生活。神农,顾名思义,即代表着农业的开端。因此,晋干宝《搜神记》说神农"以播百谷,故天下号'神农'也。"这说明,神农之所以为神农,主要原因是解决了人们的"吃饭"问题。不过,历来"药食同源",所以将"农皇"和"药神"合为一人(神),将"播百谷"的故事和"尝百草"的故事合二为一,就是很自然的事了。

原始社会,生产力水平极其低下,人们"茹草饮水,采树木之实,食蠃蚘之肉,时多疾病毒伤之害"。一般认为,神农具"火"德(这与神农、炎帝合一不无关系)——本文从赤红色的赭鞭也可见一斑,但从考古发现来看,神农时代应是以生食为主。食物的匮乏,以及可能因不识物性而发生的食物中毒,不仅严重影响了部落的生存与发展,甚至可能导致部落的灭绝。所以,神农作为首领,看到自己的部落面临灭顶之灾时,义无反顾地站了出来,承担起拯救族人的历史使命。《淮南子·修务训》记载神农"尝百草之滋味,水泉之甘苦,令民知所避就。当此之时,一日而遇七十毒"。"神农尝百草"背后,是神农无私奉献、舍己为人的大爱精神。庄子就曾称赞他"至德之隆",后人对他也无比崇敬、无尽缅怀。我们可以想象,神农虽然牺牲了,但是人们在神农的启示下,通过长期的实践,必然能逐渐辨识自然物的性能,开始有意识地选取能够对抗各种疾病的"药"。

值得一提的是,"神农尝百草"最初只是一个农业神话,并非一个医药起源神话。清人俞樾的《废医论》曰:"世传神农始尝百药,得上药一百二十种以养命,中药一百二十种以养性,下药一百二十种以治病……按陆贾《新语·道基》篇曰:神农以为行虫走兽难以养民,乃求可食之物,尝百草之实,察酸苦之味,教人食五谷,然则所谓尝百草者,非尝药也。上古之时,五谷集于百草,民人未知分别,神农氏于百草之中品尝其味,而得此五者,以为服之宜人,可以长食,爰命之曰谷,而教民耕种,此神农之所以名也……陆贾言神农尝百草之实,察酸苦之味,教民食五谷。然则尝草之初,原非采药,但求良品以养众生,果得嘉谷,爰种爰植,是称神农既得所宜,兼求所忌,是以《汉志》载有神农食禁之书,有宜有忌,而医书兴矣。《本草》一经,附托神农,良非霅也。"从此段可以看出,俞樾认为神农尝百草的初衷可能只是为了寻找可以用来种植饱腹的果实种子,并不是专门为了尝药、采药。至于《神农本草经》这本医书,它实际上成书于汉代,是托名"神农"而作的现存最早的中药学著作。西汉刘安《淮南子·修务训》云:"古者民茹草饮水,采树木之实,食蠃蜕之肉,时多疾病毒伤之害。于是神农乃始教民播种五谷,相土地宜燥湿、肥垅、高下,尝百草之滋味,水泉之甘苦,令民知所避就。当此之时,一日而遇七十毒。"这种记载更拉近了"神农尝百草"与医药的联系。后来东汉皇甫谧的医药学著作《针灸甲乙经》序曰:"上古神农,始尝草木而知百药。"这里已经完全把"神农尝百草"当做医药起源神话了。所以后世的医家著述都将神农奉为"尝草药"之先驱,如宋代苏颂在其《本草图经》序文就提到:"昔神农尝百草之滋味,以救万民之疾苦,后世师祖,由是本草之学兴焉。"(参阅贾利涛《从"神农尝百草"看本草起源的神话建构》)

同时,无论是"驱毒神"还是"尝百草",都不能不提到"相生相克"这一思想。参照《神农本草经》:"疗寒以热药,疗热以寒药。"相生相克不仅仅是"热"与"寒"的关系。中医有五味理论,即中药具有五种药味,每种药味都有其独特的作用,且以五味复合配伍,曲尽其临床变化。如酸与甘合则滋阴,酸与苦合则泄热,辛与甘合能温阳,辛与苦合能通降,所以通过加减化裁,灵活应用,治疗多种内伤杂病,常获良效(王晓瑛、袁立霞《从五味理论浅谈中医痹证治疗》)。故事中神农已认识到"毒性"的相对性,正是此理论的前身。

伯陵与缘妇

刘勤 高蓉 撰
司琳 绘

【原典】

○（春秋战国）《山海经·海内经》："炎帝之孙伯陵，伯陵同吴权之妻阿女缘妇。缘妇孕三年，是生鼓、延、殳。（殳）始为侯，鼓、延是始为钟，为乐风。"

○（西汉）刘安《淮南子·精神训》："日中有踆乌，而月中有蟾蜍。"

○（西汉）刘安《淮南子·览冥训》："羿请不死之药于西王母，姮娥窃以奔月。"东汉高诱有注："姮娥，羿妻。羿请不死之药于西王母，未及服之，姮娥盗食之。得仙，奔入月中，为月精也。"

○（东晋）干宝《搜神记》："羿请无死之药于西王母，嫦娥窃之以奔月。将往，枚筮之于有黄。有黄占之曰：'吉。翩翩归妹，独将西行。逢天晦芒，毋恐毋惊。后且大昌。'嫦娥遂托身于月，是为蟾蜍。"

○（唐）段成式《酉阳杂俎·天咫》："旧言月中有桂，有蟾蜍。故异书言：'月桂高五百丈，下有一人常斫之，树创随合。人姓吴名刚，西河人，学仙有过，谪令伐树。'"

○（北宋）李昉等撰《太平御览》引《五经通义》："月中有兔与蟾蜍何？月，阴也。蟾蜍，阳也。而与兔并明，阴系于阳也。"

○（清）马国翰辑《连山》中也有常娥奔月之辞："有冯羿者，得不死之药于西王母，常娥窃之以奔月。将往，枚筮于有黄,有黄曰:'吉!翩翩归妹,独将西行,逢天晦芒,无恐无惊,后且大昌。'常娥托身于月。"

【今绎】

一

天神伯陵是神农最疼爱的孙子,
他从小研究草药,尽得神农真传,
立志要让天下人都不再有病痛。
他从祖父神农那里要来赭鞭辨识药性,
亲尝百草,续写《神农本草经》。
为了能医治更多的人,他独自来到人间。
几百年来,他治愈了无数重病的人,
被人们亲切地称为"小神农"。

二

伯陵行医至西河①,

遇到一个重病将死的女子,叫阿女缘妇②。

伯陵看着奄奄一息的缘妇,疑惑地问:

"你的病很重,需要精心调理,请问谁在照顾你呢?"

"咳咳咳……",被病痛折磨了许久的缘妇形销骨立③,

羸弱不堪,斜飞的凤眼因为猛烈咳嗽沁出点点泪滴:

"我的丈夫想要长生不死,外出求仙学道,

三年未归,生死不知,家中无人照顾。"

伯陵可怜缘妇,决定留下来医治她。

---

①西河:春秋时卫地。指卫之西境的黄河沿岸地区,即今河南浚县、滑县及其迤南、迤北一带。

②阿女缘妇:古代神话人物,相传为吴权之妻。《山海经·海内经》:"炎帝之孙伯陵,伯陵同吴权之妻阿女缘妇。"

③形销骨立:销,消瘦。形容身体非常消瘦。《南史·梁本纪》:"帝形容本壮,及至都,销毁骨立。"

伯陵行医至西河,

遇到一个重病将死的女子,叫阿女缘妇。

被病痛折磨了许久的缘妇形销骨立,羸弱不堪,

斜飞的凤眼因为猛烈咳嗽沁出点点泪滴。

伯陵可怜缘妇,决定留下来医治她。

三

伯陵一边照料缘妇,一边在西河免费为村人治病。
有伯陵神医在这里,缘妇的身体很快就好起来了。
病愈的缘妇爱上了伯陵,决心跟着伯陵行医济世。
伯陵给人看病,缘妇替人熬药,
伯陵尝试新的药草,缘妇替他熬制解毒的茶水,
两人一起治好了西河许多人的疾病。
大家感激他们的无私付出,
悄悄地为两人准备了一场盛大的婚礼。

四

一天傍晚,伯陵被村人们簇拥着换上了喜服。
"你们这是干什么?"伯陵奇怪地问。
"当然是为你们举行婚礼啊!"村人脸上满是笑意。
"可是,缘妇有丈夫啊!"伯陵心中也是爱慕缘妇的,
却碍于缘妇已经嫁人,不敢多想。
"我们派人出去打听,得知吴权已经死了。
你们两人情投意合,我们打心眼儿里祝福!"
村人的话让伯陵再无顾忌,欢喜地去迎接自己的新娘。

伯陵被村人们簇拥着换上了喜服。
缘妇头戴村人为她编制的花环,
身穿西河第一巧手缝制的大红色礼服,
沐浴在彩色的霞光之中,长身玉立,
像即将展翅的凤凰,婷婷袅娜,如画如仙。
两人在大家的见证下结成了夫妻。

村子的另一头,缘妇头戴村人为她编制的花环,
身穿西河第一巧手缝制的大红色礼服,
沐浴在彩色的霞光之中,长身玉立①,
像即将展翅的凤凰,婷婷袅娜,如画如仙。
两人在大家的见证下结成了夫妻。
婚后夫唱妇随,幸福甜蜜。

五

不久,缘妇的丈夫吴权②学成归家,
看到自己的妻子与别的男人在一起,
盛怒之下,把伯陵给杀死了。
缘妇哭诉着:"你为了长生,抛下我三年未归,
若不是伯陵,我早就病死了。
后来听说你死了,我和伯陵才成婚的。"
村人非常愤怒,纷纷指责吴权滥杀无辜。
吴权呆愣着,追悔莫及。

---

①长身玉立(cháng shēn yù lì):形容女子身材苗条。清曾朴《孽海花》第三十一回:"前一个长身玉立,浓眉大眼,认得是林黛玉;后一个丰容盛鬋,光彩照人,便是金小宝。"

②吴权(wú quán):吴权又叫吴刚。《中国人名大辞典·吴刚》:"吴刚,汉西河人。学仙有过,谪伐月中桂。桂高五百丈,斫之,斧痕即合。"

不久,缘妇的丈夫吴权学成归家,
看到自己的妻子与别的男人在一起,
盛怒之下,把伯陵给杀死了。

六

自己最疼爱的孙子死了,

神农悲痛欲绝。

为了惩罚吴权,神农祈求天帝将吴权罚到月宫①:

"吴权,你杀死天神,罪无可赦!

月宫中有棵月桂②,现在我赐你一柄开山斧③,

若你把月桂砍倒不再复苏,就可重返人间。"

吴权接过开山斧,真诚地忏悔:

"是我一时冲动,错杀了好人,甘愿受罚。"

---

①月宫:古代神话传说月中的宫殿,又称广寒宫。唐郑綮《开天传信记》:"上曰:'非也。吾昨夜梦游月宫,诸仙娱予以上清之乐,寥亮清越,殆非人间所闻也。'"《海内十洲记》:"曾随师主履行,比至朱陵,扶桑蜃海,冥夜之丘,纯阳之陵,始青之下,月宫之间,内游七丘,中旋十洲,践赤县而邀五岳,行陂泽而息名山。"

②月桂:一作"桂月",神话传说里的月中桂树。亦借指月亮、月光。南朝梁元帝《刻漏铭》:"宫槐晚合,月桂宵晖。"《初学记》卷一引南朝陈张正见《薄帷鉴明月诗》:"长河上月桂,澄彩照高楼。"

③开山斧:斧头名。质坚形大,可用以开挖山岩,故称。金董解元《西厢记诸宫调》卷二:"(孙飞虎)担一柄簸箕来大开山斧。"

七

月桂是不死之树，长在广寒宫①的庭院中，
高五百丈，树荫浓密，四季长青，与月亮同寿。
吴权望着高大的月桂树，举起斧头用力地砍了下去，
树干上即刻多出了一道深深的伤口。
可是眨眼之间，那伤口便愈合了。
吴权不敢相信，又砍了几下，
树干上的伤口仍然很快就愈合。
吴权这才知道，月桂树是砍不死的。

八

为了监督吴权，不许他偷懒，
神农派了一只乌鸦住在月桂树上，
若是发现吴权停歇，乌鸦就啼叫三声，
神农远远地就能听见。
吴权只能不停地砍，日夜不辍。

---

①广寒宫：传说唐玄宗于八月望日游月中，见一大宫府，榜曰"广寒清虚之府"。见旧题唐柳宗元《龙城录·明皇梦游广寒宫》。后称月中仙宫为"广寒宫"。

九

伯陵死后,缘妇怀孕三年,

生下了三个儿子:鼓、延、殳①。

因为深爱着伯陵,缘妇相思成疾。

又得知吴权在月宫过得艰难,她心中愧疚。

缘妇不久就死了。

临死之前,她祈求神农赦免吴权,却被神农严词拒绝。

"神农啊,所有的事都是一场误会。

吴权虽有错,但伯陵心地善良,肯定会原谅吴权的。

我知道您疼爱伯陵,知道您痛不欲生,

如果吴权此生只能永居月宫,

就请您让我的三个孩子去陪伴吴权吧!"

听了缘妇的话,神农终于同意了。

---

①殳(shū):一说出自姜姓,是因功获赐的姓氏。相传,炎帝神农氏的子孙伯陵,同民人吴权的妻子阿女缘妇一见钟情,两人便私下结合了。缘妇后来为伯陵生了三个儿子。第三个儿子名叫殳,是箭靶的发明者,因此,帝尧封他为殳侯,赐他以殳为姓,称殳氏。二说是以兵器名作为姓氏的姓。古代时,每逢一年开始的第一天,要举行盛大的庆祝活动。在这一活动中,有殳仗队和兵甲游行接受检阅。每队各设有将军一人指挥队伍。所谓殳仗队,即后来的仪仗队。殳,是一种竹制的兵器,长一丈二尺,头上不用金属为刃,八棱而尖。殳仗队将军的后代,便以兵器名"殳"作为姓氏。三说出自有虞氏。舜为部落首领时,有虞氏族人殳斨为舜大臣。殳斨的后代子孙以祖上的名字"殳"命姓,遂成殳姓一支。见《通志·氏族略》。此处选取第一种说法。

十

神农痛失爱孙,

对这三个来历不明的重孙一点儿也不喜欢。

于是,他把鼓变成了蟾蜍①,把延变成了玉兔②,

把殳变成了名叫"不详"的天癸③,送去了月宫。

三个孩子见到吴权每天无休无止地砍树,

没有一刻可以停歇,

想起了母亲临死前的叮嘱:

"孩子,不要怨恨。

你们的父亲拥有悲天悯人之心,

我希望你们也能像他一样,

用爱去温暖吴权,让他不至于那么孤单。"

---

①蟾蜍(chán chú):两栖动物,俗称癞蛤蟆。形似蛙而大,背面多呈黑绿色,有大小疙瘩。耳后腺和皮肤腺分泌白色黏液,可入药。《后汉书·天文志上》:"言其时星辰之变。"南朝梁刘昭注:"羿请无死之药于西王母,姮娥窃之以奔月……姮娥遂托身于月,是为蟾蜍。"后用作月亮的代称。在神话中,蟾蜍常作为阴性的象征。

②玉兔:指神话中月亮里的白兔。晋傅咸《拟〈天问〉》:"月中何有?玉兔捣药。"

③天癸(tiān guǐ):即元阴,肾精。促进生殖功能的一种物质。癸,五行中属阴水。《素问·上古天真论》:"女子七岁肾气盛,齿更发长。二七而天癸至,任脉通,太冲脉盛,月事以时下,故有子。"《素问·上古天真论》:"丈夫八岁,肾气实,发长齿更。二八肾气盛,天癸至,精气溢泻,阴阳和,故能有子。"

神农把鼓变成了蟾蜍,把延变成了玉兔,
把殳变成了名叫"不详"的天癸,送去了月宫。
为了监督吴权,不许他偷懒,
神农派了一只乌鸦住在月桂树上,
吴权每天无休无止地砍树,可是眨眼之间,那伤口便愈合了。

十一

鼓、延、殳三人,

果然像伯陵一样善良。

他们不但不怨恨吴权,

还想尽办法让吴权过得快乐。

鼓制造了钟①,延制造磬②,

两人谱出许多优美的曲子,演奏给吴权听。

从此,寂寞的月宫时常仙乐飘飘。

有了孩子们的陪伴,

吴权伐桂的时候再也不寂寞,

只是时常想起当年和缘妇的美好生活。

如果再来一次,

他绝不会为了长生而抛弃眼前的幸福。

---

①钟(zhōng):金属制成的响器,中空,敲时发声。
②磬(qìng):古代打击乐器,形状像曲尺,用玉、石制成,可悬挂。

【衍说】

吴刚的故事最早见于《山海经·海内经》:"炎帝之孙伯陵,伯陵同吴权之妻阿女缘妇。缘妇孕三年,是生鼓、延、殳。殳始为侯,鼓、延是始为钟,为乐风。""月桂"故事,汉晋以来已有。袁珂在《中国神话传说词典》"月桂"条便说:"《太平御览》卷九五七引《淮南子》:'月中有桂树。'同书卷四引虞喜《安天论》:'俗传月中仙人桂树,今视其初生,见仙人之足,渐已成形,桂树后生焉。'是月桂之说,自汉晋以来,即已有之。至唐人小说,又有吴刚伐桂之说。"而对"吴刚伐桂"故事的完整记载,最早则见于唐代段成式编撰的《酉阳杂俎·天咫》:"旧言月中有桂,有蟾蜍。故异书言:'月桂高五百丈,下有一人常斫之,树创随合。人姓吴名刚,西河人,学仙有过,谪令伐树。'"可见,"吴刚伐桂"神话故事是在历代劳动人民口耳相传的基础上,逐渐形成的具有一定叙事成分的惩罚性神话。

作为人类对于自我的约束规范,惩罚是深深地烙印在远古先民内心深处的一种劝诫方式,在早期先民所创造的神话中比比皆是。惩罚性神话是原始先民将自己内心对于不良品德行为的惩罚和意见融入自己所创造的神性故事中并加以传播、给人以警示,意在以口耳相传的方式对人类进行告诫和劝阻,此类神话在中西方神话中多有体现。如在古希腊神话中,就流传着西西弗斯推石的故事。它和吴刚伐桂相似,都属于惩罚性神话。吴刚和西西弗斯都是因为行为的过错而受到神的严酷惩罚。这种惩罚又都是一场重复单调、徒劳无功并且永无止息的劳役。这种方式,大概要算人类所能想象的最为残酷的惩戒方式了。

从神话发生学来看,吴刚伐桂神话又主要属于道教神话。作为一个道教中人的吴刚,因为学仙有过而被惩罚,纯粹是一个借以向信徒们昭示道教清规神圣不可侵犯,违者必究、惩戒必严的抽象的符号化人物。至于那个"过"是什么,典籍中并没有记载。这就让人不得不去想象,去猜测,究竟什么样的错才会让吴刚承受这种身体和精神上的双重折磨,而且永无止境?

《山海经》有"吴权"。此"吴权"就是后世广为流传的"吴刚"。李贺诗又说:"吴质不眠倚桂树,露脚斜飞湿寒兔。"吴权、吴刚、吴质三人,实为一人。《诗·大雅·绵》:"虞芮质厥成,文王蹶厥生。"毛传:"质,成也。成,平也。"《康熙字典》:"(质),平也。"《礼·王制》:"原父子之情,立君臣之义以权之。"此处,亦训"权"为"平"。

《山海经·海内经》说"炎帝之孙伯陵,伯陵同吴权之妻阿女缘妇"。"同"即"通",就是说,伯陵和吴权的妻子阿女缘妇通奸。如此便能理解吴刚为何会受到这么残酷的惩罚了。作为"炎帝之孙"的伯陵,就算是犯了和吴权妻子通奸的错误,但毕竟是神;吴刚不过是个修仙的人,必然要为杀了天神的事而受到最为残酷的惩罚。这就给"吴刚伐桂"找到了一个合情合理的原因。

  本文在参阅诸多典籍和神话研究的基础上,展开合理的推测和想象,对这个故事进行重新演绎,让原本不是那么符合逻辑的故事变得生动而曲折。故事中的每个人都不是坏人,却因为一些误会导致了悲剧。现实生活中也是如此。有时,我们并不想犯错,但往往会因为所处的立场不同、认知不全面,而对别人造成无法挽回的伤害。故事的结尾也是温暖的。三个孩子和吴刚原本应互相仇视,但最后大家都学会了原谅,并且相依为命,相互慰藉。回首过往,我们会发现,一切的不可原谅、不可理解,都是执念。放下的当下,便会收获更加广阔的天地和美好的未来。

瑶姬化䔈草

刘 勤 撰
王春宇
司 琳 绘

【原典】

○（春秋战国）《山海经·中山经》："又东二百里，曰姑媱之山。帝女死焉，其名曰女尸，化为䔄草。其叶胥成，其华黄，其实如菟丘，服之媚于人。"

○（春秋战国）屈原《楚辞·山鬼》："采三秀兮于山间，石磊磊兮葛蔓蔓。怨公子兮怅忘归，君思我兮不得闲。山中人兮芳杜若，饮石泉兮荫松柏，君思我兮然疑作。雷填填兮雨冥冥，猿啾啾兮狖夜鸣。风飒飒兮木萧萧，思公子兮徒离忧。"

○（春秋战国）宋玉《高唐赋》：昔者楚襄王与宋玉游于云梦之台，望高唐之观。其上独有云气，崒兮直上，忽兮改容，须臾之间，变化无穷。王问玉曰："此何气也？"玉对曰："所谓朝云者也。"王曰："何谓朝云？"玉曰："昔者先王尝游高唐，怠而昼寝，梦见一妇人，曰：'妾巫山之女也，为高唐之客。闻君游高唐，愿荐枕席。'王因幸之。去而辞曰：'妾在巫山之阳，高丘之阻，旦为朝云，暮为行雨。朝朝暮暮，阳台之下。'旦朝视之，如言。故为立庙，号曰'朝云'。"

○（北魏）郦道元《水经注·江水二》："丹山西即巫山者也。又帝女居焉，宋玉所谓天帝之季女，名曰瑶姬。未行而亡，封于巫山之阳，精魂为草，实为灵芝。"

○（东晋）习凿齿《襄阳耆旧记》："昔者先王游于高唐，怠而昼寝，梦一妇人，暧乎若云，焕乎若星，将行未至，如浮如停。

详而视之,西施之形。王悦而问焉。曰:'我帝之季女也,名曰瑶姬,未行而亡,封巫山之台。精魂依草,实为茎芝,媚而服焉,则与梦期。所谓巫山之女,高唐之姬。闻君游于高唐,愿荐枕席。'王因而幸之。"

【今绎】

一

瑶姬是神农的女儿,生得极其明艳动人。

她的一双眼睛,明亮如天上的金星,妩媚多情;

她全身的肌肤,温润如和山的美玉,晶莹剔透;

更别提她那娇艳红嫩的嘴唇、婀娜多姿的身段①了……

总之,瑶姬的美貌实在令人啧啧称奇②。

---

①身段:一指身体,宋代柳永《木兰花》词:"星眸顾指精神峭,罗袖迎风身段小。"一指戏曲演员表演的各种舞蹈化形体动作,如坐卧行走、上马下马等。本文指身形体态,宋代柳永《荔枝香》词:"遥认,众里盈盈好身段。"

②啧(zé)啧称奇:表示咂着嘴称赞它的奇妙。啧啧,咂嘴赞叹的声音。清代夏敬渠《野叟曝言》:"合府之人,眼见骨肉奇逢,个个眉花眼笑,啧啧称奇。"

二

父母将美丽的瑶姬视若掌上明珠,
哪里舍得让她干一丁点活儿!
所以瑶姬从来没有随父亲学习过耕种,
也不像哥哥炎居那样擅长制作农具。
妹妹女娃拉着她学习织麻,
她嫌苎麻叶会刺伤她纤细的手指;
乐师怕她无聊,想教她弹琴,
她又怕琴弦伤了她修长的指甲。

三

一转眼瑶姬就到了该成婚的年龄。
曾经,部落里最能干的小伙子追求过瑶姬,
可是瑶姬却对他不屑一顾:
"你看你那四肢发达、头脑简单的样子,
你有我的父亲神农厉害吗?
整天只会待在农田里,无聊至极!"
曾经,部落里最有智慧的年轻人听了,
以为瑶姬喜欢聪明的人,

曾经,部落里最能干的小伙子追求过瑶姬,
可是瑶姬却对他不屑一顾:
"你看你那四肢发达、头脑简单的样子,
你有我的父亲神农厉害吗?
整天只会待在农田里,无聊至极!"

便壮起胆子来向她表白。

结果瑶姬都没拿正眼瞧他：

"哼，附近部落的人，哪个不争着抢着要我哥哥炎居设计的农具，

你那号称聪明的脑子又有什么伟大的发明？"

曾经，擅长音律舞蹈的男子也来向瑶姬求爱，

他在太阳升起时就站在瑶姬门前，边唱歌边鼓瑟，

夜幕降临，瑶姬却连门都没给他开，

只是站在窗前叹了口气，说：

"哎，这天下大概还没有配得上我的男人吧！"

这话像长了腿儿似的传遍了整个部落。

大家都在暗暗笑话瑶姬的骄傲，

从此再也没有人来提亲。

四

秋天,是丰收的季节,也是忙碌的时节。

瑶姬喜欢站在田埂①上,欣赏金灿灿的麦田。

大家喊她下来帮忙收割,

她总是很不以为然地说:

"这样的粗活儿,还是你们干吧!

像我这样美丽的人,还需要干活儿吗?"

大家白了她一眼,从此再也不想和她说话了。

瑶姬受了冷遇,来到河边,

她看到鸳鸯②在水面成双成对,鲤鱼在水中追逐嬉戏,

再看看自己在水中的倒影,

虽然美,但实在有些孤单。

---

①田埂(gěng):田间稍高于地面的狭窄小路,也叫埂子,用以分界并蓄水。田埂的用途还包括供人行走和种植作物。要车水灌田,须先做好田埂。

②鸳鸯:鸳鸯是一种水鸟,比鸭小,栖息于池沼之上,雌雄常在一起。《诗·小雅·鸳鸯》:"鸳鸯于飞,毕之罗之。"民间传说和文学上常用鸳鸯来喻夫妻,又用来称成偶的东西。汉代司马相如《琴歌》之一:"室迩人遐毒我肠,何缘交颈为鸳鸯。"

五

她在倒影中看到河对岸走来一位英俊的男子。
那男子坐在岸边，悠闲地拿出一根鱼竿。
他把蚯蚓往钩上一穿，用力一甩鱼竿，
那钓线划过空中，远远地沉入了河里。
瑶姬的脸上泛起了红晕，
她从未见过这样风度翩翩的男子，
忍不住想知道他是谁。

六

瑶姬悄悄走过去，背后捏着一朵芍药①花。
瑶姬娇羞地问男子："我是瑶姬，你是谁呀？"
男子闻声转过头，站起来说："我是无名②。"
瑶姬与无名四目相对，心里的小鹿都要跳出来了，

---

①芍药：传说中牡丹芍药都不是凡间花种，是某年人间瘟疫，花神为救世人盗了王母仙丹撒下人间。结果一些变成木本的牡丹，另一些变成草本的芍药，至今芍药还带着个"药"字。芍药的花叶根茎确实可以入药，白芍更是滋阴补血的上品。

②无名：男子知道这位女子是神农之女瑶姬，因不喜她娇气傲慢，所以不愿告诉她名字，便称自己为"无名"。

瑶姬的脸上泛起了红晕,

她从未见过这样风度翩翩的男子,

忍不住想知道他是谁,

便悄悄走过去,背后捏着一朵芍药花。

她还从未倾心过一位男子!

"那,你……你在这里干什么呢?"

"母亲想吃鱼。我刚收割完麦子,想过来钓条鱼来给她做汤。"

无名的声音浑厚低沉,把瑶姬的心吸得紧紧的。

七

瑶姬说:"我从来没有做过饭,都是母亲做给我吃的。

这做饭烟熏火燎的,我怎么能做呢?

像你这样英俊的人儿,也不该做这种粗活儿。"

无名的眼中闪过一丝不悦,没有说话。

瑶姬却没有察觉,她把手中的花递向无名:

"呐,这朵花送给你吧! 美丽的花朵应该被人珍爱。"

无名没有要接受的意思,反而冷冷地说:

"若是没有根从土壤汲取养分,

没有绿叶不断吸收光照,

哪里有如此娇艳的花朵呢?

我只是个普通人,高攀不起神农的女儿!"

说罢,无名便起身离开了。

瑶姬愣住了,她想去追,

但她的自尊心不允许她这样做。
瑶姬丢了魂儿似的回了家,呆呆地坐在窗前,
看着镜中的自己,失落极了。

八

一天又一天过去,
瑶姬脑子里全是无名的影子。
她茶不思、饭不想。
只顾着打扮自己。
瑶姬不再驻足欣赏金灿灿的稻田,
而是呆坐着,等无名路过她的窗台;
或者守在门外,翘首期盼无名到来;
再或者去邂逅①他的河边,独自徘徊。
可无名怎么可能会来呢?
瑶姬在等待中默默流泪,黯然心碎,
一天天消瘦下去。

---

　　①邂逅(xiè hòu):文中指不期而遇、偶然相遇。《诗·郑风·野有蔓草》:"有美一人,清扬婉兮,邂逅(遘)相遇,适我愿兮。"毛传:"邂逅,不期而会。"陆德明释文:"遘,本亦作逅。"

瑶姬丢了魂儿似的回了家,呆呆地坐在窗前,看着镜中的自己,失落极了。

九

母亲见状，急得忙说：

"我的女儿呀，你这是何苦呢？

他不过是个会钓鱼的小子嘛，

多的是男人想要娶你为妻！"

但是瑶姬心里想的是：

一定是我还不够美貌，他才不爱我！

在日复一日的等待中，

瑶姬骄傲的内心受伤了，

整日自怨自艾①，不久就郁郁而终了。

---

①自怨自艾(zì yuàn zì yì)：本义是悔恨自己的错误，自己改正。现仅指悔恨。怨，怨恨、悔恨。艾，割草、治理。出自《孟子·万章上》："太甲悔过，自怨自艾。"

十

瑶姬死后,精魂化为䔄草①,生长在东边的姑媱山上。
因为她未嫁早夭,所以䔄草的叶子是成双成对生长的,
并且开出艳丽的黄色花朵,结出象征团圆的圆形果实。
瑶姬生前希望凭借自己的美貌吸引无名,
得到他的真爱,甚至到死都还爱着他,
所以䔄草有"媚人"的功效。
据说,无论是谁吃了䔄草,都可以变得美艳动人,
这可能是瑶姬还在固执地想要得到无名的真爱吧!

---

①䔄草(yáo cǎo):一种植物,叶片成对生长,开黄色花朵,果实像菟丝子。《山海经·中山经》:"帝女死焉,其名曰女尸,化为䔄草。"《玉篇》:"䔄,蒲叶也。"

瑶姬死后,精魂化为蓄草。

据说,无论是谁吃了蓍草,都可以变得美艳动人,这可能是瑶姬还在固执地想要得到无名的真爱吧!

【衍说】

关于瑶姬的身份,说法很多。她是神农之女、巫山神女,还是山鬼？不一而足。

王丹在《从瑶姬到巫山神女》中论证了"瑶姬是一位被乡民、文人、道士称颂的女神,是道教仙化的结果,这位神灵落地峡江前后,身上就黏合了峡江地区诸多文化因子,而成为具有多重身份属性的女性神灵"。

今本《文选》收录的宋玉《高唐赋》说:"妾,巫山之女也,为高唐之客。"李善注引《襄阳耆旧传》云:"赤帝女曰姚姬,未行而卒,葬于巫山之阳,故曰巫山之女。楚怀王游于高唐,昼寝,梦见与神遇,自称是巫山之女,因幸之。"赤帝便是神农,这便将神农之女与巫山神女之间牵上了线。山鬼是峡江民间的重要崇信对象。在峡江地区,巫山神女是融合了山鬼与瑶姬的形象,固化为地方传统的结果。《山海经·中山经》中的"䔄草"神话早于《九歌》里的"山鬼"故事,两者之间有所不同,体现了"瑶姬"形象的"一文一野"。如姜亮夫在《屈原赋校注·山鬼注》中说:"山鬼为神女庄严面,而神女为文士笔底之山鬼浪漫面。"又说:"正是'野人'与'巫山神女'形象的叠合,才成为楚人所说的'山鬼',并被作为民间祭祀对象的。"综上所述,正因如此,瑶姬才忽而为神农之女,忽而为巫山神女,抑或是山鬼。

《山海经》记载瑶姬死后精魂幻化为䔄草,服之可以媚人。这其中还蕴含着巴楚地区尚巫鬼的风俗传统,瑶姬的原型很可能就是女巫。巫师要沟通神人,通达天地,长相美丽才可以"媚神悦人",所以历来选拔男觋女巫要求都很严格。《国语·楚语》:"其智能上下比义,其圣能光远宣朗,其明能光照之,其聪能听彻之。"如此看来,出身高贵,美艳无双的瑶姬担任女巫是非常适合的了。其化为䔄草可以媚人的功效也与"媚神悦人"有关。萧兵在《神妓、女巫和破戒诱引》中就指出巫山神女是典型的献身圣妓,叶舒宪也在《中国文学中的美人幻梦原型》中说瑶姬是中国式的"女祭司"。

关于瑶姬的神话还有很多,比如瑶姬帮助大禹治水、化作神女峰等传说。巫峡乃是三峡中最长的峡谷,其间的巫山十二峰峭拔秀丽,身姿曼妙,尤以神女峰称最。陆游《入蜀记》:"然十二峰者不可悉见,所见八九峰,惟神女峰最为纤丽奇峭。宜为仙真所托。"巫山地处丘陵,空气湿度大,云蒸霞蔚,宛若仙境。这也是描写神女"旦为朝云,暮为行雨"的基础。

本故事极力描写了瑶姬的美貌,如:"她的一双眼睛,明亮如天上的金星,妩媚多情;/她全身的肌肤,温润如和山的美玉,晶莹剔透;/更别提她那娇艳红嫩的嘴唇、婀娜多姿的身段了……"陆游记载瑶姬降于巫山十二峰中最秀美的神女峰,也彰显了瑶姬之美。虽然瑶姬的容貌举世无双,但是她不但没有受到优待,还在部落受到冷落,也没有如愿得到心仪男子的喜爱,为此郁郁而终。这正是瑶姬为她的以貌论人、骄傲自大、目中无人所付出的代价。

　　没有人不想要美丽的外表,也没有人不会为美丽的事物所吸引,所以现在医疗美容和整容才如此流行。但是有了美貌就能够得到想要的一切吗?瑶姬的故事告诉我们:不能。当今人们身处于一个浮躁的时代,每个人都背负着一定的生存压力。一些商人和媒体营销号利用人们的焦虑心理,将这个社会鼓吹成一个"看脸"的社会。有美好容颜和火辣身材的人会拥有更多、更好的机会,他们的生活会变得更为容易。这将大多数相貌平平的人带入了一个消极的怪圈,希望通过简单外貌的改变就走上人生巅峰;这也扭曲了一些天生丽质的人的价值观,认为"有颜任性",单凭外貌就能获得一切,似乎品性、能力不再重要,故事中的瑶姬就是一个例子。

阪泉之战

刘 勤 苏 德 撰
王云娟 绘

【原典】

　　○(春秋战国)《孙子兵法·黄帝伐赤帝》(1972年山东临沂银雀山出土)："孙子曰：'黄帝南伐赤帝，至于□□，战于反山之原。'"

　　○(春秋战国)左丘明《左传·僖公二十五年》："遇黄帝，战于阪泉之兆。"

　　○(春秋战国)《国语·晋语》："昔少典娶于有蟜氏，生黄帝、炎帝。黄帝以姬水成，炎帝以姜水成。成而异德，故黄帝为姬，炎帝为姜，二帝用师以相济也，异德之故也。"

　　○(春秋战国)列御寇《列子·黄帝》："黄帝与炎帝战于阪泉之野，帅熊、罴、狼、豹、䝙、虎为前驱，雕、鹖、鹰、鸢为旗帜。此以力使禽兽者也。"

　　○(春秋战国)吕不韦编撰《吕氏春秋·荡兵》云："兵所自来者久矣，黄、炎故用水火矣，共工氏固次作难矣，五帝固相与争矣。"

　　○(春秋战国)《黄帝四经·正乱》："帝曰：毋乏吾禁，毋留吾醢，毋乱吾民，毋绝吾道。乏禁，留醢，乱民，绝道，反义逆时，非而行之，过极失当。擅制更爽，心欲是行，其上帝未先而擅兴兵，视蚩尤、共工。屈其脊，使甘其俞，䣛为地程。帝曰：谨守吾正名，毋失吾恒刑，以示后人。"

　　○(先秦)《六韬·守土》："日中不彗，是谓失时；操刀不割,失利之期;执斧不伐,贼人将来。涓涓不塞,将为江河;荧荧不救,炎炎奈何? 两叶不去,将用斧柯。"

○(西汉)司马迁《史记·五帝本纪》:"炎帝欲侵陵诸侯,诸侯咸归轩辕。轩辕乃修德振兵,治五气,艺五种,抚万民,度四方,教熊、罴、貔、貅、䝙、虎,以与炎帝战于阪泉之野。三战,然后得其志。"

○(西汉)贾谊《新书·制不定》云:"炎帝者,黄帝同父母弟也,各有天下之半。黄帝行道而炎帝不听,故战涿鹿之野,血流漂杵。"

○(西汉)戴德《大戴礼记·五帝德》:"(黄帝)以与赤帝(炎帝)战于阪泉之野,三战,然后得行其志。"

○(唐)李泰《括地志》:"阪泉,今名黄帝泉,在妫州怀戎县东五十六里。出五里至涿鹿,东北与涿水合。又有涿鹿故城,在妫州东南五十里,本黄帝所都也。"

【今绎】

一

炎帝和黄帝都是少典①的儿子，

长大后都功勋卓著。不过，他们俩常常意见相左。

于是，炎帝生活在姜水②，黄帝生活在姬水③。

炎帝天生擅长农耕和医药，

他教人们播种五谷，解决了吃饭问题；

还亲尝百草，驱赶毒神，撰写《神农本草经》④。

---

①少典(shào diǎn)：传说为炎帝和黄帝之父。《国语·晋语》："昔少典氏娶于有蟜氏，生黄帝、炎帝。"

②姜水：为中华始祖炎帝的诞生地与生活地。近代学者郭沫若、翦伯赞等认为姜水在今岐山之东，为渭水的一条支流。

③姬水(jī shuǐ)：在今陕西省武功县境内。何光岳先生在《炎黄源流史》一书中说："黄帝轩辕氏的居地为姬水，以姬为姓。姬与岐同音，即今陕西岐山县南横水河。则姬水、姜水相邻，正合炎黄双胞族之说。"

④《神农本草经》：书名。为我国现存较早的药物学重要文献。秦汉时人托名"神农"所作。原书已佚，其内容由于历代本草书籍的转引，得以保存。现传的《神农本草经》，有明代卢复和清代过孟起、孙星衍、顾观光以及日本森立之等的辑佚本。

阪泉之战

黄帝①幼时就思维敏捷,

长大后更显敦厚果敢、聪慧坚毅。

他以仁德治理本部落,并逐渐得到其他部落的拥护。

总之,炎帝部落和黄帝部落都越来越兴旺。

二

随着人口的增长,灾害的频繁,

部落之间为了争夺更多土地和食物的战争越来越多。

尤其是一些小部落,为了存活下去,

连年混战,死伤无数。

炎帝想要结束这种混战的局面,

决心发兵,征战四方,统一各部落。

但是黄帝却不赞同,

他认为各部落应该结成联盟,永世修好。

---

①黄帝:中国古代神话人物。西汉司马迁《史记·五帝本纪》:"黄帝者,少典之子,姓公孙,名曰轩辕。生而神灵,弱而能言,幼而徇齐,长而敦敏,成而聪明。"

炎帝想要结束这种混战的局面,
决心发兵征战四方,统一各部落。
但是黄帝不赞同,
他认为各部落应该结成联盟,永世修好。

三

黄帝派风后①前往九大部落②进行游说，
但是九大部落已经兼并了一些小部落，
初尝甜头，各自为政，不接受结盟。
炎帝一方的态度更为坚决，
不仅拒绝结盟，
他帐下的神将祝融③还放了一把火，
把使者风后的胡子给烧了！

---

①风后：相传为黄帝臣之一。西汉司马迁《史记·五帝本纪》："（黄帝）举风后、力牧、常先、大鸿以治民。"裴骃集解引郑玄曰："风后，黄帝三公也。"

②九大部落：九个归顺黄帝的部落。《列子·黄帝》："黄帝与炎帝战于阪泉之野，帅熊、罴（pí）、狼、豹、貙（chū）、虎为前驱，雕、鹖（hé）、鹰、鸢为旗帜。此以力使禽兽者也。"九个部落分别以九种神兽为图腾。

③祝融：神名。一说帝喾时的火官，后尊为火神，命曰祝融。亦以为火或火灾的代称。《国语·郑语》："夫黎为高辛氏火正，以淳耀敦大，天明地德，光照四海，故命之曰祝融，其功大矣。"二说南方之神，南海之神。《管子·五行》："得奢龙而辩于东方，得祝融而辩于南方。"本文引用第一种说法。

四

炎帝心想：黄帝部落最为强大，

我应该来个杀鸡儆猴！

如果收服了黄帝部落，其他的就不在话下了。

于是，炎帝亲率大军进攻黄帝部落。

黄帝当然不肯屈服，果断迎战。

两军在阪泉①之野交战。

五

炎帝麾下祝融作为阵前先锋，

骑着两条赤龙②盘旋在黄帝军队上空，

叫嚣道："黄帝！你若现在投降，我便饶你不死！"

---

①阪泉(bǎn quán)：古地名。相传黄帝与炎帝战于阪泉之野。其地所在，有三说。一说在山西省阳曲县东北，旧名汉山。《左传·僖公二十五年》："（炎帝）遇黄帝，战于阪泉之兆。"一说在今河北省涿鹿县东南。《史记·五帝本纪》"阪泉之野"下张守节正义引《括地志》云："阪泉，今名黄帝泉，在妫州怀戎县东五十六里。"一说在今山西省运城南。宋沈括《梦溪笔谈·辩证》云："解州盐泽方一百二十里……卤色正赤，在阪泉之下，俚俗谓之蚩尤血。"

②赤龙：赤色的龙。传说以为神仙所乘。此处特指为祝融所乘的红色的龙。

"猖狂的小儿,不自量力!"

应龙①从黄帝军队中突然振翅腾空而起,

嘴里喷出一股大水。瞬间,倾盆大雨从天而降。

"赤龙,烧死它!"祝融一声令下,两条赤龙口喷烈火。

火焰在阪泉之野上蔓延,方圆千里迅速化为焦土。

六

水柱与火苗纠缠在一起,不相上下。

浇灭了,又燃了;浇灭了,又燃了。

蒸腾起浓浓的水雾,弥漫得人睁不开眼。

应龙以一敌二,应接不暇②,

大火最终吞噬了大水,

火势一路蔓延到黄帝的营帐,

---

①应龙(yìng lóng):古代传说中一种有翼的龙。相传禹治洪水时,有应龙以尾画地成江河,使水入海。

②应接不暇:本义为景物繁多,来不及欣赏,后也用于形容事情或人太多,应付不及。《世说新语·言语第二》:"王子敬云:'从山阴道上行,山川自相映发,使人应接不暇。若秋冬之际,尤难为怀。'"

应龙从黄帝军队中突然振翅腾空而起,
嘴里喷出一股大水。瞬间,倾盆大雨从天而降。
祝融一声令下,两条赤龙口喷烈火。
火焰在阪泉之野上蔓延,方圆千里迅速化为焦土。

黄帝不得不带领军队退守轩辕之丘①。

七

首战告捷,炎帝乘胜追击。
并派属下继续征战其他部落。
之前还在观望的九大部落害怕了,
纷纷主动找到黄帝,同意结盟。
黄帝重整旗鼓,连夜制定了作战策略,
带领九大部落的军队迎战。

八

原野中,神鸟灵兽冲锋在前,
在陆地上奔驰,在水中突击,在空中盘旋。
各图腾所代表的部落也紧随其后,气势雄浑。

---

①轩辕之丘(xuān yuán zhī qiū):古地名。汉司马迁《史记·五帝本纪》:"黄帝居轩辕之丘,而娶于西陵之女,是为嫘祖。嫘祖为黄帝正妃,生二子,其后皆有天下。"《集解》:"皇甫谧曰:'受国于有熊,居轩辕之丘,故因以为名,又以为号。'"

熊一跺脚就地动山摇,此部落的将士们孔武有力①;
罴善于水陆变化,此部落的将士们擅长奇门遁甲;
貙②有着狐狸般的智慧,此部落的将士们灵巧矫捷;
老虎一吼,百兽惊惧;孤狼一啸,平地生风……
熊、罴、狼、豹、貙、虎、雕、鹖、鹰、鸢等图腾的部落,
从正面进攻,威武雄壮,杀气腾腾。

九

天空,阴暗昏沉。
大雕③和雄鹰④尖叫着从左边突击,
几十米长的翅膀呼扇一下,
便在阪泉之中掀起狂风巨浪;

---

①孔武有力:孔,甚,很。形容人很有力气。出自《诗·郑风·羔裘》:"羔裘豹饰,孔武有力。彼其之子,邦之司直。"

②貙(chū):古书上说的一种似狸而大的猛兽。《宋书·乐志》:"顿熊扼虎,蹴豹搏貙。"

③雕:鸟类的一属,大型猛禽,羽毛褐色,上嘴勾曲,视力很强,利爪,能捕食山羊、野兔等(亦作"鵰"),此处指一种似雕的神兽。

④鹰:鸟,上嘴呈钩形,颈短,脚部有长毛,足趾有长而锐利的爪。是猛禽,捕食小兽及其他鸟类。种类很多,如苍鹰、雀鹰、老鹰等。此处指似鹰的神兽。

大鹖①和大鸢②嘶鸣着从右边突击,

尖锐的喙和锋利的爪,可以撕碎一切。

总之,神鸟灵兽们,

怒号疾驰,出入于水陆,穿梭于云层,

掀起劲风,吞吐水火,扬起沙尘。

十

"雕虫小技!"祝融睥睨③敌军,轻蔑地摆了摆手,

"赤龙,前面开道!"

两条赤龙听了祝融的命令,

立刻口喷烈火,腾飞而起,与十大神兽周旋。

眼见赤龙有些寡不敌众,祝融长啸一声,

激发出体内所有的赤焰烈火,燃烧自己,

---

①鹖(hé):一种像雉而善斗的鸟。此处指似鹖的神兽。
②鸢(yuān):鸟,鹰科,头顶及喉部白色,嘴带蓝色,体上部褐色,微带紫,两翼黑褐色,腹部淡赤,尾尖分叉,四趾都有钩爪,捕食蛇、鼠、蜥蜴、鱼等(俗称"老鹰")。此处指似鸢的神兽。
③睥睨(pì nì):指古代皇帝的一种仪仗。后来指斜着眼看,有厌恶或高傲的意思,多运用于小说。也指城墙上面呈凹凸状的短墙。本文指斜眼看。

大雕和雄鹰尖叫着从左边突击,
大鹬和大鸢嘶鸣着从右边突击。
赤龙口喷烈火,腾飞而起。

眼见赤龙有些寡不敌众,祝融长啸一声,激发出体内所有的赤焰烈火,燃烧自己。

借着风势,如离弦之箭,从敌军中掠过。
遇之者,皆被烤为焦炭,无一例外。
黄帝再次战败,领着残兵节节败退。
炎帝占领轩辕之丘,庆贺胜利,论功行赏。

十一

两次大败,黄帝损失惨重。
九大部落不再听从他的号令。
黄帝想收复被占领的土地,但束手无策。
他召集大家商讨对策,
风后告诉他,要想打败炎帝,首先必须制服祝融。
只有炼成星斗七旗阵①,才能克制祝融的赤焰烈火。
黄帝一方面派应龙前去炎帝部落表示投降,
一方面派风后再次游说各大部落前来结盟,
他自己则争取一切时间,苦研星斗七旗阵。
三月之后,黄帝联军突然发起战争。

---

①星斗七旗阵:以北斗七星为源头的一种阵法,七个部落占据七个方位,分别为天枢、天璇、天玑、天权、玉衡、开阳、摇光,对敌形成包围。

十二

盟军摆下星斗七旗阵,黄帝坐镇斗魁①,
把炎帝军队牢牢围困其中,如瓮中捉鳖②。
炎帝部落的神兽、神将居然使不出法术。
"让我来!"祝融再次释放出赤焰烈火,
奇怪的是,这次他的火被应龙一喷即灭。
赤龙腾空而起,却被一张无形的网给罩住。

十三

黄帝来到阵前,对炎帝规劝道:
"如今天下分崩离析,无非各取所需。
各部落混战不已,弄得民不聊生。
你和我同是为了制止这无休止的混战,
天之道,损有余而补不足。

---

①斗魁(dǒu kuí):指北斗七星之第一至第四星,即枢、璇、玑、权。《史记·天官书》:"在斗魁中,贵人之牢。"
②瓮中捉鳖(wèng zhōng zhuō biē):瓮,大坛子;鳖,甲鱼。比喻想要捕捉的对象已在掌握之中。形容手到擒来,轻易而有把握。出自元代康进之《李逵负荆》第四折:"这是揉着我山儿的痒处,管叫他瓮中捉鳖,手到拿来。"

人之道则不然,损不足以奉有余①。
大家相互帮助,就可以和谐共处,
何必要以战止战呢?"

十四

听完黄帝的话,炎帝仔细思考了一番,
最后带领自己的部落归顺了黄帝。
为了表示对兄长的敬重,
黄帝将统一后的部落命名为"炎黄部落"。
"炎"在前,"黄"在后,表示兄弟有序。
他们的后代就是"炎黄子孙",
寓意兄弟同心,永世长存。

---

①出自老子《道德经》第七十七章:"天之道,损有余而补不足。人之道则不然,损不足以奉有余。"

炎帝最后带领自己的部落归顺了黄帝。
为了表示对兄长的敬重,
黄帝将统一后的部落命名为"炎黄部落"。
"炎"在前,"黄"在后,表示兄弟有序。
他们的后代就是"炎黄子孙",
寓意兄弟同心,永世长存。

【衍说】

阪泉之战是一场非常著名的战役,也是一场具有决定意义的战役。正是这次战役,奠定了炎帝、黄帝、蚩尤三大部落的基本活动和统治范围,也奠定了炎黄部落成为华夏民族始祖的基石。

关于这场战役,许多文献中都有记载,如《左传》《史记》。1972年山东临沂银雀山出土的《孙子兵法》中也有《黄帝伐赤帝》篇,讲述了黄帝战胜赤帝而定天下的过程:"孙子曰:'黄帝南伐赤帝,至于□□,战于反山之原。'"这里的赤帝就是炎帝。"反山之原"就是"阪泉之野"。在今河北省涿鹿县有黄帝泉,位于黄帝城东南500米处,古称阪泉。附近矾山镇有上七旗村和下七旗村,相传古为阪泉村,正是当年阪泉之战的战场。当地民间传说炎黄之战中,黄帝使用了星斗七旗阵。综合各类文献的记载可以知道,黄帝和炎帝的阪泉之战是真实存在的。

关于这场战争的发起者,说法不一。《史记》中记载:"炎帝欲侵陵诸侯,诸侯咸归轩辕。"可见,司马迁认为阪泉之战的发起者是炎帝,是"非正义"的一方,后世许多文献也是沿用的这一说法。但在山东临沂银雀山出土的《孙子兵法·黄帝伐赤帝》中却说"黄帝南伐赤帝"。究竟孰是孰非,今天的确已难断定。不过仍可从情理上做些推断。炎帝与黄帝部落都是发源于黄河上游的陕西地区，之后都向东发展，到达中原之后，分黄河南北而居，炎帝在南，黄帝在北。阪泉之战的地点有几说：山西阳曲县，北京延庆县，河北涿鹿县、怀来县等地，均在黄河以北，从势力范围来说，黄河以北是黄帝的地盘，黄帝不可能把战争场地选在自己的地盘，所以，发动战争的人更有可能是炎帝。

那么，炎帝为何要发动此次战争呢？《国语·晋语》中记载炎帝与黄帝都是少典的儿子，是亲兄弟，亲兄弟为何会互相攻击呢？《史记·五帝本纪》中给出了合理的解释："炎帝欲侵陵诸侯，诸侯咸归轩辕。轩辕乃修德振兵，治五气，艺五种，抚万民，度四方，教熊、罴、貔、貅、䝙、虎，以与炎帝战于阪泉之野。三战，然后得其志。"就是说，炎帝想要一统其他部落，这些部落战胜不了炎帝，便投靠了另一个强大的部落黄帝部落，因此，炎帝部落才会进攻黄帝部落。在中国历史上不乏兄弟相争的故事，黄帝和炎帝虽然是亲兄弟，他们之间会有联盟，会有讲和，但在物资匮乏的远古时期，随着部落人口的增加，为了生存，为了更多的土地，两强相争是必然的结果。

黄帝和炎帝兄弟相争，立场不同，但目的却相同，一个想要以战止战，一个想要以和止战。兄弟俩同而不和，所以爆发了历史上著名的"阪泉之战"。过程中，黄帝始终保留着那份赤子之心，所以最后即使炎帝输了，黄帝仍然尊敬炎帝,将部落名字改为"炎黄部落",这一情节是作者根据汉民族"炎黄子孙"一说而做的加工,也是美好的愿望。"兄弟同心,其利断金",中华民族是个大家庭,我们有56个民族,我们都是兄弟姐妹,只有我们齐心协力,才能让我们的国家繁荣富强。

刑天舞干戚

刘勤 苏德 撰
周艺琳 绘

【原典】

○(春秋战国)《山海经·海外西经》:"(刑天)与帝争神,帝断其首,葬之常羊之山。乃以乳为目,以脐为口,操干戚以舞。"

○(春秋战国)《山海经·海内南经》:"枭阳国在北朐以西,其为人人面长唇,黑身有毛,反踵。见人笑亦笑,左手操管。"案:国光红认为刑天和枭阳是同一个神的两个称号。(见《读史搜神——神话与汉字中的密码》,桂林:广西师范大学出版社,2014年,第120—125页)

○(春秋战国)《山海经·大荒西经》:"有大巫山,有金之山。西南大荒之中隅,有偏句、常羊之山。"

○(西汉)刘安《淮南子·墬形训》:"西方有刑残之尸。"高诱注:"刑残之尸,于是以两乳为目,腹脐为口,操干戚以舞。以无梦,天神断其手,后天帝断其首也。"

○(唐)段成式《酉阳杂俎·诺皋记上》:"形天(即刑天)与帝争神,帝断其首,葬之常羊山,乃以乳为目,脐为口,操干戚而舞焉。"

○(南宋)邢凯《坦斋通编》引段成式《酉阳杂俎》:"天山有神,名刑天。黄帝时,与帝争神,帝断其首。乃曰:'吾以乳为目,脐为口。'操干戚而舞不止。"

【今绎】

一

巨人刑天①是南方天帝炎帝②手下的一员猛将,
他手执板斧和盾牌,英勇好斗,力大无穷,
与同样骁勇善战的蚩尤③私交甚好。
蚩尤曾经也是炎帝手下的大将,
后来蚩尤的势力不断壮大,

---

①刑天:古神话中的战神。《说文解字》:"刑,刭也。""天,颠也。"刑天初本无名,断首之后,始名之为"刑天",意为"形残之尸"。又写作"形天"或"邢天"。

②炎帝:中国古代神话中的五方天帝之一,是南方的天帝。《战国策》《吕氏春秋》等书认为炎帝为南方天帝。

③蚩尤(chī yóu):中国古代神话中的战神,面如牛首,背生双翅,后被黄帝所杀。《山海经·大荒北经》:"蚩尤作兵伐黄帝,黄帝乃令应龙攻之冀州之野。应龙蓄水,蚩尤请风伯、雨师纵大风雨。黄帝乃下天女曰魃,雨止,遂杀蚩尤。"

逐渐脱离了炎帝的管辖,
还经常和中央天庭的黄帝①发生争斗。
黄帝准备联合炎帝消灭蚩尤。

二

刑天听说了这件事,很震惊,
连忙去找炎帝,为蚩尤求情。
炎帝无可奈何地说:
"事已至此,我也无力挽回啊!
我和黄帝是亲兄弟,蚩尤来攻打他,
我怎么能袖手旁观呢?"
刑天见求情无望,只好以身犯险了:
他提着板斧和盾牌,只身去支援好友蚩尤。

---

①黄帝:中国古代神话中的五方天帝之首,是中央的天帝。明代程登吉《幼学琼林》卷一:"中央戊己属土,其色黄,故中央帝曰黄帝。"

刑天听说了这件事,很震惊,
连忙去找炎帝,为蚩尤求情。

三

但是路途遥远,没等刑天赶到支援蚩尤的战场,
就传来了蚩尤在涿鹿被黄帝斩杀的消息,
他瞬间怒火中烧,决心要与黄帝决一死战。
刑天左手拿着厚厚的盾牌,右手握着巨大的板斧,
目光如炬,杀气腾腾地向黄帝的宫殿赶去。
刑天在敌人的刀光剑影中所向披靡,
他的盾牌挡住了敌人一次次的进攻,
他的板斧砍出来一条条前进的道路,
一路杀到中央天庭①的门前。

四

黄帝听说刑天已经杀到中央天庭前,
吃惊不已,随即便操起身后的宝剑,

---

①中央天庭:神话传说中黄帝所在的位置。

黄帝听说刑天已经杀到中央天庭前,
吃惊不已,随即便操起身后的宝剑,
率领着应龙、火鸟毕方、夔牛等神兽出门迎战。

率领着应龙①、火鸟毕方②、夔牛③等神兽出门迎战。

刑天一看来人是黄帝,二话不说,

挥起铁臂,舞着板斧就冲了过来。

黄帝也毫不示弱,立刻召唤出应龙助阵。

趁着应龙布雨兴云④迷惑刑天的机会,

黄帝想用利剑刺向刑天的咽喉,

刑天眼疾手快,以攻为守,

他用盾牌巧妙地破解了黄帝的招数。

靠着足够大的力气和锋利的板斧,

乘势举起巨斧,砍向黄帝的前额,

可是黄帝防守严密,怎么也伤不到他。

---

①应龙:神话传说中助黄帝杀蚩尤的神兽。《山海经·大荒东经》:"应龙处南极,杀蚩尤与夸父,不得复上。故下数旱,旱而为应龙之状,乃得大雨。"

②毕方:神话传说中的神鸟。《山海经·西山经》:"有鸟焉,其状如鹤,一足,赤文青质而白喙,名曰毕方,其鸣自叫也,见则其邑有讹火。"

③夔牛:神话传说中黄帝的神兽。《山海经·大荒东经》:"东海中有流波山,入海七千里。其上有兽,状如牛,苍身而无角,一足,出入水则必风雨。其光如日月,其声如雷,其名曰夔。"

④布雨兴云:兴起云,布下雨。布,施。比喻神怪法术高明。晋代郭璞注《山海经·大荒东经》"应龙之状"即"今之土龙",以其"气应自然"为行云致雨之神。郭璞注云:"今之土龙本此,气应自然冥感,非人所能为也。"

五

就这样，两位大神一个斧砍一个剑刺，愈战愈烈，
从天上打到地上，再从地上打回天上；
从黎明打到夜晚，再从夜晚打到黎明；
从西南打到中原，又从中原打到东南。
双方互不相让，杀得天昏地暗，电闪雷鸣，
所到之处，飞沙走石，尘埃漫天。
应龙、毕方和夔牛不断地向刑天发起攻击，
奈何刑天神力无边，他们根本近不了身，
三年又三个月过去了，双方还是没有分出胜负。

六

黄帝心想："这刑天果真是一位大力神！
再这样打下去，我恐怕招架不住呀！"
他知道刑天是个急性子，于是心生一计：
刑天越是猛烈追砍，他越是灵活躲避，
他想彻底激怒刑天，让刑天露出破绽来。
刑天好几板斧都扑了个空，开始暴跳如雷，
鼻子里喘着粗气，钢牙咬得咯咯作响，

鼻子里喘着粗气,钢牙咬得咯咯作响,
他仰天长啸,日月星辰也随之颤抖,
大脚板往地上一跺,神兽们也被震得乱窜。

他仰天长啸，日月星辰也随之颤抖，
大脚板往地上一跺，神兽们也被震得乱窜。

七

黄帝看刑天已经筋疲力竭，觉得时机成熟，
便虚晃一剑，抽身佯装①败走，
刑天哪里肯放他走，跟在后面紧追不舍。
猛地，黄帝一个转身，剑光一闪，
向刑天的脖子上抹过去，霎时鲜血四溅。
只见刑天那山包似的脑袋，一下子掉到了地上，
轱辘辘地滚到了西方的常羊山②脚下。

八

刑天只觉得脖颈上发凉，用手一摸，
发现自己的头颅没有了。心里发慌：

———————
①佯装(yáng zhuāng)：假装。
②常羊山：通常指神话传说中埋葬刑天头颅的地方。《山海经·海外西经》："（刑天）与帝争神，帝断其首。葬之常羊之山。"

猛地,黄帝一个转身,剑光一闪,
向刑天的脖子上抹过去,霎时鲜血四溅。
只见刑天那山包似的脑袋,一下子掉到了地上,
轱辘辘地滚到了西方的常羊山脚下。

看不见听不着,可怎么跟黄帝打仗呢?
于是他连忙蹲下身用手去寻找自己的头颅。
然而此时的刑天只能胡乱地摸,
周围的大山小岭都被他摸了个遍。
他那巨大的手摸到哪里,就破坏到哪里,
参天大树被他折断,擎天巨石被他捏碎。
整个常羊山被他搅得天翻地覆。
真没想到刑天会有如此巨大的力量!

九

见此情景,黄帝也是大吃一惊,
眼看着刑天就要找到头了,
他急忙挥起宝剑,向常羊山奋力劈去,
随着一道金光闪过,"咔嚓"一声,
常羊山被劈开了一条缝隙,
刑天的头颅一下子就滚到了山的里面,
接着"轰隆"一声,那条缝隙又合了起来,
这下,刑天的头颅彻底埋在了常羊山。

十

见此情景，黄帝的天兵神将开始欢呼庆祝，
夔牛奏响了胜利的号角，
应龙送来了胜利的花环，
毕方在天上四处传扬胜利的消息。
然而，就在黄帝准备凯旋而归的时候，
背后传来一声低沉的嘶吼，
只见刑天赤裸着身子缓缓地站了起来。
以两乳为目，以腹脐为口，
左手握着厚厚的盾牌，右手挥舞着巨大的板斧……

然而,就在黄帝准备凯旋而归的时候,
背后传来一声低沉的嘶吼,
只见刑天赤裸着身子缓缓地站了起来。
以两乳为目,以腹脐为口,
左手握着厚厚的盾牌,右手挥舞着巨大的板斧……

【衍说】

刑天，又作形天或邢天。"刑""形""邢"字，在甲骨文及金文中，字形相近。《说文解字》云："刑，到也。"又说"到，刑也。"而甲骨文及金文的"天"字，上半部分极像人首，其义为颠、顶。所以"刑天"的本义就是断首的意思。

刑天的故事最早见于《山海经·海外西经》。在这里，刑天刚强不屈的英雄形象已基本上得到了体现。其后，西汉淮南王刘安的《淮南子·墬形训》，对故事结尾又作了增补，说"西方有形残之尸"，进一步丰富和发展了"刑天与帝争神"的内容。后来唐代段成式的《酉阳杂俎》和宋代邢凯的《坦斋通编》等书，几乎都是对《山海经》和高诱注《淮南子·墬形训》中"刑天与帝争神"故事的承袭，谓"刑天与帝争神，帝断其首"，最终"以乳为目，以脐为口，操干戚而舞不止"。至此，"刑天与帝争神"的故事基本定型，流传至今。

刑天与帝（一般认为此帝为黄帝，如唐段成式《酉阳杂俎》所载）争神位，不得成功，反遭断首，结局固然是悲惨的，但刑天的高远志向和勇于抗争的精神，仍然受到众多知识分子的颂扬。如陶渊明在《读山海经》中写诗赞颂说："精卫衔微木，将以填沧海。刑天舞干戚，猛志固常在。同物既无虑，化去不复悔。徒设在昔心，良辰讵可待。"

从某种意义上说,"刑天精神"本质上就是对死亡的超越——身体殒没但精神不灭,非但不灭,反而愈加超拔与激越。倡导"硬汉"精神的美国作家海明威说:"一个人可以被毁灭,但是永远不会被打败!"刑天就是典型的"硬汉",是不折不扣的"英雄"。茅盾也高度赞扬刑天虽然失败,仍战斗不已的精神。他曾取笔名为"刑天",又在其《中国神话研究 ABC》中写到,刑天是"描写象征那百折不回的毅力与意志的"。茅盾认为刑天虽然失败,但志向坚定,不屈不挠,是真正的"英雄"。刑天的故事之所以千古流传,除了刑天至死不屈、锲而不舍的伟大斗争精神和顽强执着、坚定不移的志向外,很大一部分原因还在于其体现出来的悲剧精神。英国美学家斯马特在《论悲剧》中曾说:"如果苦难落在一个生性懦弱的人的头上,他逆来顺受地接受了苦难,并不就是真正的悲剧。只有当他表现出坚毅精神并进行斗争的时候,才是真正的悲剧。"刑天的悲剧精神,正是在这种虽死犹战的反抗中突显出来的。与之类似的神话还有"精卫填海""鲧禹治水",以及古希腊普罗米修斯、西西弗斯的神话。刑天、精卫、普罗米修斯、西西弗斯等,都有百折不挠的毅力和屡败屡战的精神。这些故事都是主人公经历重重磨难,以顽强的意志和坚韧的决心与敌人奋力斗争,最终却以失败告终的悲剧故事。

寇鹏程在《中国悲剧精神论》中认为,悲剧的关键不是结局,而是人在面对悲剧的处境时是否去抗争和努力。这种"知其不可而为之"的不尽抗争的精神就是悲剧精神。这种精神给人的不是颓废,不是绝望,而是一种振奋和昂扬、崇高和伟大。在种种悲剧主题中,对于生死的选择,又是悲剧中的悲剧。本故事与传统的刑天故事小有不同。为了突显刑天的"悲剧精神",增强了刑天战斗的"正义性"。因此本故事将刑天争战之因由传统所谓"与帝争神"(如《山海经》《酉阳杂俎》所载),变成了为好友蚩尤复仇。刑天身殒形变之后,又以一己之力继续抗争。对这些环节的增设和渲染,更突出了其悲剧性。

刑天舞干戚

祝融立火德

刘　勤　李远莉　撰
王云娟　绘

【原典】

○（春秋战国）《山海经·海外南经》："南方祝融,兽身人面,乘两龙。"

○（春秋战国）《山海经·海内经》："炎帝之妻赤水之子听訞生炎居,炎居生节并,节并生戏器,戏器生祝融。"

○（春秋战国）《国语·郑语》："夫黎为高辛氏火正,以淳耀敦大,天明地德,光照四海,故命之曰祝融,其功大矣。"

○（西汉）刘安《淮南子·时则训》："南方之极,自北户孙之外,贯颛顼之国,南至委火炎风之野,赤帝（炎帝）祝融之所司者,万二千里。"

○（西汉）班固《汉书·五行志》："古之火正,谓火官也。掌祭火星,行火政。"

○（东汉）班固《汉书·五行志》："帝喾则有祝融,尧时有阏伯,民赖其德。死则以为火祖,配祭火星。"

○（西晋）杜预《左传·昭公十七年》注曰："祝融,高辛氏之火正。"

【今译】

一

戏器①的孩子快出生了,
整个部落都沸腾着。
一年前,戏器的妻子梦见一只金乌围着她跳舞,
最后,竟钻进了她的肚子里。
不久之后,戏器的妻子就发现自己怀孕了。
灵山巫咸②捋了捋长长的白胡须,说:
"戏器的这个孩子将光照四海啊!"

---

①戏器:神名。相传为炎帝的曾孙。《山海经·海内经》:"炎帝之妻赤水之子听訞生炎居,炎居生节并,节并生戏器,戏器生祝融。"
②巫咸:灵山十巫中的一位。《山海经·大荒西经》:"大荒之中有山名曰丰沮,玉门,日月所入。有灵山,巫咸、巫即、巫盼、巫彭、巫姑、巫真、巫礼、巫抵、巫谢、巫罗十巫。"后亦常作为巫师的统称。

二

当孩子的第一声啼哭传出来的时候,
一道红光,直冲云霄,穿透了九十九重天。
瞧! 这孩子浑身被一团火焰包裹着,
像个火球,飘浮在半空中。
他不哭也不闹,只是睁着眼睛看着母亲咯咯直笑。
打那时起,大家就知道,这孩子长大后一定会不平凡!
所有人都为这个新生命的到来欣喜不已。
神农也高兴极了,为这个孩子取名叫黎。

三

不过,棘手的问题也随之来了:
黎身上的火焰一直无法消散,
任何人都不能靠近他,更别提给他喂食了。
父亲戏器一时半会儿也想不出法子,
孩子饿得不行,哇哇直哭。

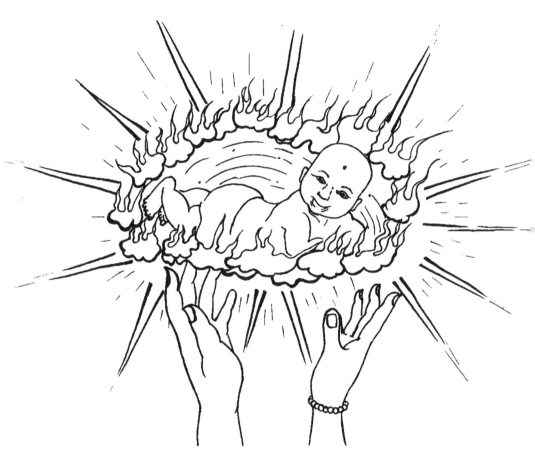

一道红光,直冲云霄,穿透了九十九重天。
这孩子浑身被一团火焰包裹着,
像个火球,飘浮在半空中。

四

当众人一筹莫展时,突然飞来了两条赤龙。
其中一条衔来了丹水①玉膏②,喂黎服食;
另一条则在他的头顶上空,不停盘旋。
就这样绕了几圈之后,
黎身上的火焰就奇迹般消失了。
这样,人们就再也不害怕触碰他了,
都争着抢着要去抱抱这个可爱的孩子。
两条赤龙也留了下来,
一直陪伴在黎身边,后来还成了他的坐骑。

---

①丹水:神话中的水名。《山海经·南山经》:"又东五百里,曰丹穴之山,其上多金玉,丹水出焉,而南流注于渤海。"贾谊《惜誓》:"涉丹水而驰骋兮,右大夏之遗风。"王逸注:"丹水,犹赤水也。《淮南》言赤水出昆仑也。"

②玉膏:玉的脂膏。古代神话传说中的仙药。《山海经·西山经》:"丹水出焉,西流注于稷泽,其中多白玉,是有玉膏。其原沸沸汤汤,黄帝是食是飨。"郭璞注引《河图玉版》:"少室山,其上有白玉膏,一服即仙矣。"

五

其实，黎出生时自带的异火并没有消失，
只是在赤龙的帮助下，
被压制在了身体内部。
不过，随着黎一天天长大，
异火又开始显现，并且威力越来越大，
稍不注意就会伤及无辜。
与此同时，黎的脾气也越来越暴躁，
常常调皮捣蛋，故意挑起争端。
稍不顺心，就放火烧人。

六

神农又对黎宠爱得不得了。
有一次，黎偷偷跑到神农的药园子里，
烧了满园的五色香草①，
但神农也只是笑笑，根本不打算惩罚他。

---

①香草：含有香味的草。汉刘向《说苑·谈丛》："十步之泽，必有香草；十室之邑，必有忠士。"北周庾信《春赋》："一丛香草足碍人，数尺游丝即横路。"

随着黎一天天长大,
黎的脾气也越来越暴躁,
常常调皮捣蛋,故意挑起争端。
稍不顺心,就放火烧人。

仗着神农的宠爱，黎在天上人间横行无忌。
他还得意地给自己的火取名为"赤焰烈火"，
成天变着法儿用火来捉弄人。
碍于神农的权威，人们敢怒而不敢言，
私下里却指责戏器："养不教，父之过。
黎如此无法无天，肯定是戏器这个父亲不称职！"

七

戏器找到神农，陪着笑脸劝说道：
"曾祖父啊，黎的性子太野了，四处闯祸。
我准备把他送到帝喾那里去，好好管教一下。"
神农瞪着一对鼓鼓的龙眼睛①，很生气：
"难道我还管教不了黎吗？"
"可您也无法帮黎控制他身上的火啊！
帝喾是金乌之父，他最清楚如何控制火了。"戏器说。
虽然神农不同意，但戏器最后还是强行把黎给带走了。
神农气得好几年都不和戏器说话。

---

①南宋罗泌《路史》："(炎帝神农氏)长八尺有七寸，弘身而牛颠，龙颜而大唇，怀成铃，戴玉理。"

八

黎被带到帝喾这里,哭着闹着要回去。

帝喾笑着说:"听说你善于用火,本领强大,我就让你做个火正①吧!"

黎揩了揩脸上的泪水,懵懂②地看着帝喾:

"火正是什么玩意儿? 好玩儿吗?"

帝喾摸了摸黎的头,笑着说:"火正就是专门掌管火种的官职。

神界有了火才能照亮人间,催生万物。

人间有了火才能烹煮食物,抵御野兽。"

"听起来好像很威风!"黎爽快地应下了这个差事。

---

①火正(huǒ zhèng):古代掌火之官。《左传·昭公二十九年》:"火正曰祝融。"《汉书·五行志》:"古之火正,谓火官也,掌祭火星,行火政。"

②懵懂(měng dǒng):亦作"懵董"。糊涂,迷糊之意。宋许月卿《上程丞相元凤书》:"人望顿轻,明主增喟,懵董之号,道傍揶揄。"元乔吉《扬州梦》第二折:"又不是痴呆懵懂,不辨个南北西东。"

黎揩了揩脸上的泪水,懵懂地看着帝喾:

"火正是什么玩意儿?好玩儿吗?"

帝喾摸了摸黎的头,笑着说:"火正就是专门掌管火种的官职。神界有了火才能照亮人间,催生万物。"

九

刚开始,得了个新鲜的差事,黎非常开心。

他每天都按照帝喾的要求,仔细照看天地间的所有火种。

可是,没干多久他便厌烦了,偷偷跑到南海①去玩耍。

因为黎擅离职守,有些部落里的火种就熄灭了。

帝喾知道后,非常生气,亲自将黎抓了回来:

"黎,你既然身为火正,就要谨守自己的职责。

身居其位而不谋其政②,那就是失德。

衡山③是天地间的一杆秤,

不仅可以称出天地的重量,还可以称出一个人道德的高下。

从今往后,你就住在那座最高的山峰上。

你做得好不好,衡山会告诉你。"

---

①南海:泛指南方的海。《尚书·禹贡》:"导黑水至于三危,入于南海。"孔传:"黑水自北而南,经三危,过梁州入南海。"唐韩愈《送区册序》:"有区生者,誓言相好,自南海拿舟而来。"

②身居其位而不谋其政:《论语·泰伯》:"子曰:'不在其位,不谋其政。'"原意为不在那个职位上就不去考虑那个职位的事,也引申为不过问别人的事情。此处表示黎作为火正却没有尽职。

③衡山:又名岣嵝山、霍山、南岳,为五岳之一。位于湖南中部,有七十二峰,以祝融、天柱、芙蓉、紫盖、石廪五峰为最著。相传舜南巡和禹治水都到过这里。历代帝王南岳祀典,除汉武帝迁祀安徽潜山外,均在此山。

十

有了衡山的监督,黎再也不敢贪玩儿了。

在他的管理下,天地之间循环有序,温暖光亮。

不仅如此,黎还发现季节更迭与荧惑①星的运行有关。

如果傍晚初昏,荧惑刚好出现在东方的地平线上,

那么此时就大约是春季,正适合春耕春种。

后来,帝喾就根据黎的记录,制定了时历,以辅农耕。

十一

因为黎光耀人间,利生万物,

所以人们尊称他为"祝融",

意思是希望他永远为人间带来光明和温暖。

又因为他居住在衡山的最高峰上,

人们就把那座山峰称为"祝融峰"②。

---

①荧惑(yíng huò):火星。由于火星荧荧似火,行踪捉摸不定,因此古代称它为"荧惑"。

②祝融峰:祝融峰位于湖南省东部中间的南岳衡山。唐韩愈《游祝融峰》:"祝融万丈拔地起,欲见不见轻烟里。"可见祝融峰之高。故它又被誉为"南岳四绝"之首。

黎还发现季节更迭与荧惑星的运行有关。

帝喾就根据黎的记录,制定了时历,以辅农耕。

十二

黎听说后,开心极了,赶忙跑去向帝喾禀报。

帝喾点点头,说:"因为你做得好,才会得到人们的赞扬。

所以,真正的秤并不是衡山,而是人们的心。

如今你已经能做到恪尽职守①,可以离开衡山了。"

黎此时终于明白了帝喾的良苦用心。

他虽然不用再接受衡山的监督,

却更加用心地管理天地间的火,

最终成为最受人们崇敬的火神,

死后还被尊为"火祖",配祭荧惑。

---

①**恪尽职守**(kè jìn zhí shǒu):指谨慎认真地做好本职工作。恪,谨慎,恭敬。尽,完善。

【衍说】

祝融是我国上古神话人物之一,他的形象、来历众说纷纭。

首先,祝融究竟是谁的后代? 关于这一问题,历史上有多种说法。 仅《山海经》一书中就出现了两种说法:一为炎帝的五世孙。《山海经·海内经》:"炎帝之妻,赤水之子听訞生炎居,炎居生节并,节并生戏器,戏器生祝融。"本文就沿用了此种说法。 另一种说法却是祝融为黄帝的五世孙。《山海经·海内经》:"黄帝妻雷祖,生昌意。 昌意降处若水,生韩流。"《山海经·大荒西经》:"颛顼生老童,老童生祝融。"除此之外,《史记·楚世家》的记载也不同:"高阳生称,称生卷章,卷章生重黎,重黎为帝喾高辛居火正,甚有功,能光融天下,帝喾命曰祝融。"值得注意的是,同样出自《山海经》,都是关于祝融世系的记载,却出现了不同。 这说明祝融和其他上古神话人物一样,关于他的记载也存在相互矛盾、彼此不一的情况。 这主要是由神话的特殊性所决定的。 神话是远古人类对于自然、社会现象的"象征式"反映,长期的口耳相传、集体创作性质,也加剧了这种混杂性。 加之,神话被历史化,并凌乱地散落于各种典籍之中,当再次出现时也难免"张冠李戴"。 具体就祝融出现分属黄炎两脉的情况而言,除上述共有的多种缘由外,还有一个非常独特的影响因素,即黄帝、炎帝本是同族同源,所以后世子孙在归属上出现重合也并不奇怪。

其次,关于"祝融"的解释也有很多。一说为"以火施化"的古帝。《路史·前纪》中记载:"祝诵氏,一曰祝和,是为祝融氏,以火施化,号赤帝,故后世火官因以为谓。"一说为掌火的官职,是"火神"。杜预《左传·昭公十七年》注曰:"祝融,高辛氏之火正。"也有说法认为"祝融"是掌祭祀之官名。《楚辞·招魂》王逸注曰:"男巫曰祝。""祝"是祭祀时代祭者向神灵祈佑的太祝之官;"融"又训为"长"。上古之时选择祝官的道德标准是"有光烈"。"融"即表明太祝之官已经具备了应有的道德品质。所以,"祝融"为祭祀之人的官名。而有时祝融还被称为南方之神或南海之神。如《管子·五行》:"得奢龙而辨于东方,得祝融而辨于南方。"韩愈《南海神广利王庙碑》中说:"自三代圣王,莫不祀事,考于传记,而南海神次最贵,在北东西三神、河伯之上,号为'祝融'。"本文故事基本遵从祝融为高辛氏火正的观点,即祝融为帝喾掌祭火星、行火政之官。

其实,史籍中并没有明确指出祝融所行之火正到底包含了哪些内容。学者们的观点也不尽相同。如何浩在《祝融、火正与火师》一文中指出:"所谓'祀大火,而火纪时焉'说的就是火正观测大火的昏现,一旦发现这个红色的巨星出现于东方的地平线上,便通知各氏族部落着手春耕,同时祭祀大火,正式宣告一年农事由此开始。"杨伯峻、徐提编《春秋左传词典》则释"火正"为"火官之长,主观察大火星(心宿二)或鹑火(柳宿)者"。说法略有不同,但学者们基本都赞同古时火正的一项重要职责就是观察火星的运行轨迹,以协助制定农耕时历。因此,本文故事中的黎就担起了这一项任务。

传说中祝融身带异火,光照四海,担任着重要的使命——掌火。这也反映了"火"在上古人类心中的重要地位。火之字形和考古发现也可作其佐证。首先,"火"是象一个人跪在地上,手持一个火把的样子。高高在上的火和下跪的人形成一个组合,从字形上就可以看出人对火的敬畏态度和崇拜心理。其次商周青铜器中也出现了大量的火形涡纹。这也是火崇拜的反映。马承源在《商周时代火的图像及有关问题的探讨》一文中更进一步主张:"涡纹是火神的徽记,是太阳,这与古人取火自太阳的观念有联系。"

本文故事将火与万物生长、光明温暖、农耕、日常生活等综合起来,把祝融自然神、社会神的神职和民间信仰、官方信仰进行了融合,将祝融塑造成一个能给黎明百姓带来祥福、光明的至高天神,且改变了祝融以往威严的文学形象,将其塑造成一个人性化的祝融。他是个被宠坏的天才少年,也是个喜欢恶作剧的"坏孩子",经过帝喾的教导和改造后,成长为一个深受人们敬爱的吉神。其实人性本善,只要方法得当,每个人都可以成为社会的栋梁之才。

后 记

本来打算于年初出版的这套新书《中华远古神话衍说·三皇五帝》(共八本),因为疫情的影响,只得延后出版。不过,这也才使原本因为忙碌而缺失的后记有机会补上。

2020年春节,这场突如其来的新冠肺炎,一方面拉大了人与人之间的距离,甚至于隔绝或永别,另一方面也无形中缩短了人们心灵的距离。泱泱中华,空前团结,用德行感动着世界。疫情如同一面照妖镜,照出世间百态,照出国际风云。与此同时,也放慢了我们的脚步,让我们有了更多时间去回忆、去思考、去展望。

诚然,中华民族自古以来就具有勇于担当、不畏艰险的精神。这套丛书里的故事,无论是大家比较熟悉的《夸父逐日》《精卫填海》《女娲补天》等,还是比较陌生的《青要山女罗》《黄帝斩恶夔》《孤独的旱魃》等,无不体现着这种精神。中华民族还是个崇尚天道、充满仁爱的礼仪之邦,这体现在《三年成都》《承云之歌》《凤鸟立志》等故事中。此外,中国古代的民主和法制精神,同样也可以在本丛书的故事中找到,如《绝地通天》《后土与噎鸣》《陆吾和英招》等。甚至有对人性的思索,如《简狄和建疵》《神奇的大耳国》《月仙泪》等。当然，每一篇神话故事，我们若从不同的角度去思考和解读，又会有不同层面的获得。但有一点是共通的，那就是我们在祖述我们伟大祖先和神话英雄的同时，难道不也正是在千百遍地肯定着、传播着这些精神吗？统而言之，与西方神灵崇尚个人主义、高高在上不同，中国神灵崇尚家国天下，始终关怀着民生、代表着民意。

荣格早就指出，对于散失了灵魂的现代人来说，神话意味着重新教会我们做人。坎贝尔用他神话学专业的敏感告诉人们，古老神话永恒地释放着正能量。关于神话，摩尔根、马克思、恩格斯，其实都有过卓有见识的探索，对于其中所蕴含的人类智慧质素，也从不吝赞美。神话思维，与务实、中庸等一样，同样是我们这个民族的基因。

神话是一个民族的根。它连接着古代与现代，使伟大祖先和神话英雄们的血液仍在我们身体里汩汩流淌。传承是我们信仰的核心。越是久远，越是本质。朋友们，跟随这套书，来进行我们的文化寻根吧！不仅是自己的寻根、孩童的寻根，更是每一位中华儿女的寻根。这不是历史的考证的寻根，而是想象的心理的寻根，这才是真正的本质的寻根，才是"我从哪里来""我要到哪里去"的寻根。所寻之根，血脉之源，生命所系，民族所倚，万物所梦。

我写这套书有几个促因。

以我个人在神话研究领域的工作来说，这是我所做努力的第二个阶段。第一个阶段是从性别文化的角度对中国古代神话做整体性研究。2004年的夏天,我师从恩师李诚先生进行硕士阶段的学习,由此开始了我的神话研究之旅。后来,我的博士研究方向,依然是中国古代神话。在恩师项楚先生的指导下,三年的深耕细作,别有洞天。工作以后,在忙碌的教学之余,我仍然舍不得放弃神话研究,先后主持完成了"女性神灵研究""性别文化视域下的神话叙事研究""从厕神看中国文化的基质与动力""中国厕神信仰考论"等神话类课题。尤其是2014年我主持国家社科基金项目"中国厕神信仰考论"时,对中国神话的存在状态和意义又有了新的认知。我渐渐感受到,中国是不缺乏优秀文化的。

同年10月15日,习总书记在北京全国文艺工作座谈会上指出,文化是民族生存和发展的重要力量,文化自信是更基础、更广泛、更深厚的自信。因此,当代社会需要结合新的时代条件传承和弘扬中华优秀传统文化,不断增强中华优秀传统文化的生命力、影响力,增强中华儿女的文化自信,实现中华文化的创造性转化和创新性发展。

在此过程中,越来越多的人参与到传承经典、发扬文明的大潮中来,近年掀起的"国学热"就是其中一例。我理解,"文化自信"的本质,就是对民族之根的自信;"国学热"的背后,就是对民族之根的追求。如前所述,中国神话连接着古代与现代。时至今日,伟大祖先和神话英雄们的血液仍在我们身体里汨汨流淌。中国神话,是最相宜的寻根之路。随后我便开设了一门选修课"中国古代神话"。在授课的过程中，很多学生对神话非常感兴趣。我在梳理神话原典的同时，也常加上自己的研究心得，拓展开来，不知不觉讲了一个学期。不过那时，我的主要精力不在此，对神话的普及工作还未做深入的思考。

2015年5月，我的女儿上颐满三岁。她开始对神话特别感兴趣。这时，我也有机会开始系统搜罗神话普及类读物。但结果却让我疑惑：怎么会没有写给我女儿的神话故事呢？在中国的大地上，竟然西方神话故事多于中国神话故事，难道中国神话故事就那么寥寥无几吗？百年来，中国神话研究已经取得了丰硕的成果，但这些研究成果被束之高阁，大众无法触及。市面上的神话读物，大体有以下几个倾向。第一，故事重复、陈旧。第二，或是死守原典的直接翻译，或是无甚依据的随意改编。第三，也有取材于学术论著者，但专业性太强而大众审美性、可读性不足。第四，教育意义比较单一、生硬，未能与时俱进。而且，最为关键的是，大众对神话的理解并没有比一百年前更先进。神话本是一个民族的根，却被误认为是迷信；它本是一个国家的自信，而被误认为不切实际；它本是如今仍然汩汩流淌在我们身体里的鲜血，却被误认为是早已僵死在氏族时代的枯槁。正值经典阐释如火如荼的时代，我们为何唯独忘了神话？一想到这里，我便萌生出做一套大众类神话读物的愿想，产生了讲好中国神话故事的想法，甚至努力暂时撇开日常杂事，试着从专业学科的角度来思考谋划。一方面，可以讲给女儿听听,也算我作为母亲的一片心意。另一方面,也想弥补"国学热"中的一个缺环。

不久,好友许诗红的"力文斋"画室搞活动,邀请我去做嘉宾。她是个非常出色的画家,一手创办的"力文斋"也已经走过了21个春秋。多少孩子在这里收获了精湛的画艺、脱俗的审美,以及精彩的人生,她大概已经记不清了。那天,我们举办了"你讲我画"活动,即我讲神话故事,孩子们绘画。活动非常成功。后来我的朋友、学生们也积极参与进来。此后,我们又在成都周边的多所学校中多次组织这类活动,取得了很好的效果。这段随缘经历不仅让我获得了不少"讲故事"的技巧,更让我了解了大众(尤其是青少年儿童)对于神话故事的渴求、对于文化寻根的执着。与此同时,我要出版一套普及类中国古代神话小书的愿望更加迫切了,而且书写形式也更明晰了。

让我感到无比幸福的是,不少朋友听说这件事后主动给我打电话、发微信,表示对这套小书很感兴趣,希望在条件允许的情况下,能出一份绵薄之力。他们有的是大学教授、高级教师、律师、作家、心理咨询师等已经工作了的"社会人",有的是我一手带大的研究生"娃娃"。李进宁、严焱、高蓉、付雨桁、税小小等参与部分文本写作;王自华、杨陈、王春宇、李远莉、苏德等不仅参与部分文本写作,还参与了出版前的校对工作;安艳月、王舒啸、韩玲等参与部分插画的绘制……凡为此书有过贡献者,我均已署名,在此不一一列举。特别是在我出国客座那一年,上述诸君为此书付出的心血与精力,是非常令人动容的。此间的汗水与泪水,狮子山下的509专家工作室可以见证;此间的情谊与幸福,早已经浸润在我们共同的作品中。

此外,我还特别感谢施维、陶人勇、肖卫东、许诗红等老师的指导,以及李诚、刘跃进、叶舒宪、周明等先生的推荐。感谢生活·读书·新知三联书店慧眼识珠,不遗余力地给予支持。正如前言所说,这套书的创新性是显而易见的,但是肯定还存在着不少问题,真切希望各位读者能不吝赐教,以便于我们进一步改进,讲好中国故事。

弹指五载,白驹过隙。启动此事,米儿才三岁,转眼就八岁了。参与者中有好几位母亲,应该和我感同身受吧!插画小组的韩玲,我初见她时,还是个苗条的小姑娘,转眼就做母亲了。我总预感,读者不仅能从这套丛书中读到有趣的神话,肯定也能嗅出几分母爱的天性吧!

最后,谨以此书献给雷上颐、林子言、梁泠芃、王晨曦、王艺晗小朋友。

是为记。

彦序　上颐斋

2020年4月29日